读者丛书
DUZHE CONGSHU

时光凝固的敦煌

读者丛书编辑组 / 编

读者出版传媒股份有限公司
甘肃人民出版社

图书在版编目（CIP）数据

时光凝固的敦煌 / 读者丛书编辑组编. -- 兰州 ：甘肃人民出版社，2019.4
（读者丛书. 人文甘肃读本）
ISBN 978-7-226-05432-1

Ⅰ. ①时… Ⅱ. ①读… Ⅲ. ①散文集—中国—当代 Ⅳ. ①I267

中国版本图书馆CIP数据核字(2019)第069761号

总 策 划：马永强　李树军
项目统筹：李树军　党晨飞
策划编辑：党晨飞
责任编辑：肖林霞　袁　尚
封面设计：久品轩

时光凝固的敦煌
读者丛书编辑组　编
甘肃人民出版社出版发行
(730030　兰州市读者大道568号)
甘肃新华印刷厂印刷

开本 787毫米×1092毫米　1/32　印张 6.375　插页 2　字数 128 千
2019年4月第1版　2019年4月第1次印刷
印数：1~5 050

ISBN 978-7-226-05432-1　定价：24.00元

目　录
CONTENTS

莫高窟

余秋雨

莫高窟对面，是三危山。《山海经》记，“舜逐三苗于三危”。可见它是华夏文明的早期屏障，早得与神话分不清界线。那场战斗怎么个打法，现在已很难想象，但浩浩荡荡的中原大军总该是来过的。当时整个地球还人迹稀少，哒哒的马蹄声显得空廓而响亮。让这么一座三危山来做莫高窟的映壁，气概之大，人力莫及，只能是造化的安排。

公元 366 年，一个和尚来到这里。他叫乐僔，戒行清虚，执心恬静，手持一支锡杖，云游四野。到此已是傍晚时分，他想找个地方栖宿。正在峰头四顾，突然看到奇景：三危山金光灿烂，烈烈扬扬，像有千佛在跃动。是晚霞吗？不对，晚霞就在西边，与三危山的金光遥遥对应。

三危金光之谜，后人解释颇多，在此我不想议论。反正当时的乐僔和尚，刹那间激动万分。他怔怔地站着，眼前是腾燃的金光，背后是五彩的晚霞，他浑身被照得通红，手上的锡杖也变得水晶般透明。他怔怔地站着，天地间没有一点声息，只有光的流溢，色的笼罩。他有所憬悟，把锡杖插在地上，庄重地跪下身来，朗声发愿，从今要广为化缘，在这里筑窟造像，使它真正成为圣地。和尚发愿完毕，两方光焰俱黯，苍然暮色压着茫茫沙原。

不久，乐僔和尚的第一个石窟就开工了。他在化缘之时广为播扬自己的奇遇，远近信士也就纷纷来朝拜胜景。年长日久，新的洞窟也一一挖出来了。上至王公，下至平民，或者独筑，或者合资，把自己的信仰和祝祈，全向这座陡坡凿进。从此，这个山峦的历史，就离不开工匠斧凿的叮当声。

工匠中隐潜着许多真正的艺术家。前代艺术家的遗留，又给后代艺术家以默默的滋养。于是，这个沙漠深处的陡坡，浓浓地吸纳了无量度的才情，空灵灵又胀鼓鼓地站着，变得神秘而又安详。

从哪一个人口密集的城市到这里，都非常遥远。在可以想象的将来，还只能是这样。它因华美而矜持，它因富有而远藏。它执意要让每一个朝圣者，用长途的艰辛来换取报偿。

莫高窟

我来这里时刚过中秋，但朔风已是铺天盖地。一路上都见鼻子冻得通红的外国人在问路，他们不懂中文，只是一叠连声地喊着：“莫高！莫高！”声调圆润，如呼亲人。国内游客更是拥挤，傍晚闭馆时分，还有一批刚刚赶到的游客，在苦苦央求门卫，开方便之门。

我在莫高窟一连待了好几天。第一天入暮，游客都已走完了，我沿着莫高窟的山脚来回徘徊。试着想把白天观看的感受在心头整理一下，很难；只得一次次对着这堵山坡傻想，它究竟是个什么样的存在？

比之于埃及的金字塔，印度的山奇大塔，古罗马的斗兽场遗迹，中国的许多文化遗迹常常带有历史的层累性。别国的遗迹一般修建于一时，兴盛于一时，以后就以纯粹遗迹的方式保存着，让人瞻仰。中国的长城就不是如此，总是代代修建、代代拓伸。长城，作为一种空间的蜿蜒，竟与时间的蜿蜒紧紧对应。中国历史太长、战乱太多、苦难太深，没有哪一种纯粹的遗迹能够长久保存，除非躲在地下，躲在坟里，躲在不为常人注意的秘处。阿房宫烧了，滕王阁坍了，黄鹤楼则是新近重修。成都的都江堰所以能长久保留，是因为它始终发挥着水利功能。因此，大凡至今轰传的历史胜迹，总有生生不息、吐纳百代的独特秉赋。

莫高窟可以傲视异邦古迹的地方，就在于它是一千多年的层层累聚。看莫高窟，不是看死了一千年的标本，而是看活了一千年的生命。一千年而始终活着，血脉畅通、呼吸匀停，这是一种何等壮阔的生命！一代又一代艺术家前呼后拥向我们走来，每个艺术家又牵连着喧闹的背景，在这里举行着横跨千年的游行。纷杂的衣饰使我们眼花缭乱，呼呼的旌旗使我们满耳轰鸣。在别的地方，你可以蹲下身来细细玩索一块碎石、一条土埂，在这儿完全不行，你也被裹卷着，身不由主，踉踉跄跄，直到被历史的洪流消融。在这儿，一个人的感官很不够用，那干脆就丢弃自己，让无数双艺术巨手把你碎成轻尘。

因此，我不能不在这暮色压顶的时刻，在山脚前来回徘徊。一点点地找回自己，定一定被震撼了的惊魂。晚风起了，夹着细沙，吹得脸颊发疼。沙漠的月亮，也特别清冷。山脚前有一泓泉流，汩汩有声。抬头看看，侧耳听听，总算，我的思路稍见头绪。

白天看了些什么，还是记不大清。只记得开头看到的是青褐浑厚的色流，那应该是北魏的遗存。色泽浓厚沉着得如同立体，笔触奔放豪迈得如同剑戟。那个年代故事频繁，驰骋沙场的又多北方骠壮之士，强悍与苦难汇合，流泻到了石窟的洞壁。当工匠们正在这些洞窟描绘的时候，南方的陶渊明，在破残的家园里喝着闷酒。陶渊明喝的不知是什么酒，这里流荡着的无疑是烈酒，没有什么芬芳的香味，只是一派力，一股劲，能让人疯了一般，拔剑而起。这里有点冷，有点野，甚至有点残忍。

色流开始畅快柔美了，那一定是到了隋文帝统一中国之后。衣服和图案都变得华丽，有了香气，有了暖意，有了笑声。这是自然的，隋炀帝正乐呵呵地坐在御船中南下，新竣的运河碧波荡漾，通向扬州名贵的奇花。隋炀帝太凶狠，工匠们不会去追随他的笑声，但他们已经变得大气、精细，处处预示着，他们手下将会奔泻出一些更惊人的东西。

色流猛地一下涡漩卷涌，当然是到了唐代。人世间能有的色彩都喷射出来，但又喷得一点儿也不野，舒舒展展地纳入细密、流利的线条，幻化为壮丽无比的交响乐章。这里不再仅仅是初春的气温，而已是春风浩荡，万物苏醒，人们的每一缕筋肉都想跳腾。这里连禽鸟都在歌舞，连繁花都裹卷成图案，为这个天地欢呼。这里的雕塑都有脉搏和呼吸，挂着千年不枯的吟笑和娇嗔。这里的每一个场面，都非双眼能够看尽，而每一个角落，都够你留连长久。这里没有重复，真正的欢乐从不重复。这里不存在刻板，刻板容不下真正的人性。这里什么也没有，只有人的生命在蒸腾。一到别的洞窟还能思忖片刻，而这里，一进入就让你燥热，让你失态，让你只想双足腾空。不管它画的是什么内容，一看就让你在心底惊呼，这才是人，这才是生命。人世间最有吸引力的，莫过于一群活得很自在的人发出的生命信号。这种信号是磁，是蜜，是涡卷方圆的魔井。没有一个人能够摆脱这种涡卷，没有一个人能够面对着它们而保持平静。唐代就该这样，这样才算唐代。我们的民族，总算拥有这么一个朝代，总算有过这么一个时刻，驾驭如此瑰丽的色流，而竟能指挥若定。

色流更趋精细，这应是五代。唐代的雄风余威未息，只是由炽热走向温煦，由狂放渐趋沉着。头顶的蓝天好像小了一点，野外的清风也不再鼓荡胸襟。

终于有点灰黯了，舞蹈者仰首看到变化了的天色，舞姿也开始变得拘谨。仍然不乏雅丽，仍然时见妙笔，但欢快的整体气氛，已难于找寻。洞窟外面，辛弃疾、陆游仍在握剑长歌，美妙的音色已显得孤单，苏东坡则以绝世天才，与陶渊明呼应。大宋的国土，被下坡的颓势，被理学的层云，被重重的僵持，遮得有点阴沉。色流中很难再找到红色了，那该是到了元代。

这些朦胧的印象，稍一梳理，已颇觉劳累，像是赶了一次长途的旅人。据说，把莫高窟的壁画连起来，整整长达 60 华里。我只不信，60 华里的路途对我轻而易举，哪有这般劳累？

夜已深了，莫高窟已经完全沉睡。就像端详一个壮汉的睡姿一般，看它睡着了，也没有什么奇特，低低的，静静的，荒秃秃的，与别处的小山一样。

第二天一早，我又一次投入人流，去探寻莫高窟的底蕴，尽管毫无自信。

游客各种各样。有的排着队，在静听讲解员讲述佛教故事；有的捧着画具，在洞窟里临摹；有的不时拿出笔记写上几句，与身旁的伙伴轻声讨论着学术课题。他们就像焦距不一的镜头，对着同一个拍摄对象，选择着自己所需要的清楚和模糊。

莫高窟确实有着层次丰富的景深（depth of field），让不同的游客摄取。听故事，学艺术，探历史，寻文化，都未尝不可。一切伟大的艺术，都不会只是呈现自己单方面的生命。它们为观看者存在，它们期待着仰望的人群。一铺壁画，加上壁画前的唏嘘和叹息，才是这铺壁画的立体生命。游客们在观看壁画，也在观看自己。于是，我眼前出现了两个长廊：艺术的长廊和观看者的心灵长廊；也出现了两个景深：历史的景深和民族心理的景深。

如果仅仅为了听佛教故事，那么它多姿的神貌和色泽就显得有点浪费。如果仅仅为了学绘画技法，那么它就吸引不了那么多普通的游客。如果仅仅为了历史和文化，那么它至多只能成为厚厚著述中的插图。它似乎还要深得多，复杂得多，也神奇得多。

它是一种聚会，一种感召。它把人性神化，付诸造型，又用造型引发人性，于是，它成了民族心底一种彩色的梦幻，一种圣洁的沉淀，一种永久的向往。

它是一种狂欢，一种释放。在它的怀抱里神人交融，时空飞腾，于是，它让人走进神话，走进寓言，走进宇宙意识的霓虹。在这里，狂欢是天然秩序，释放是天赋人格，艺术的天国是自由的殿堂。

它是一种仪式，一种超越宗教的宗教。佛教理义已被美的火焰蒸馏，剩下了仪式应有的玄秘、洁净和高超。只要是知闻它的人，都会以一生来投奔这种仪式，接受它的洗礼和熏陶。

这个仪式如此宏大，如此广袤。甚至，没有沙漠，也没有莫高窟，没有敦煌。仪式从沙漠的起点已经开始，在沙窝中一串串深深的脚印间，在一个个夜风中的帐篷里，在一具具洁白的遗骨中，在长毛飘飘的骆驼背上。流过太多眼泪的眼睛，已被风沙磨钝，但是不要紧，迎面走来从那里回来的朝拜者，双眼是如此晶亮。我相信，一切为宗教而来的人，一定能带走超越宗教的感受，在一生的潜意识中蕴藏。蕴藏又变作遗传，下一代的苦旅者又浩浩荡荡。为什么甘肃艺术家只是在这里撷取了一个舞姿，就能引起全国性的狂热？为什么张大千举着油灯从这里带走一些线条，就能风靡世界画坛？只是仪式，只是人性，只是深层的蕴藏。过多地捉摸他们的技法没有多大用处，他们的成功只在于全身心地朝拜过敦煌。蔡元培在本世纪初提出过以美育代宗教，我在这里分明看见，最高的美育也有宗教的风貌。或许，人类的将来，就是要在这颗星球上建立一种有关美的宗教？

离开敦煌后，我又到别处旅行。

我到过另一个佛教艺术胜地，那里山清水秀，交通便利。思维机敏的讲解员把佛教故事与今天的社会新闻、行为规范联系起来，讲了一门古怪的道德课程。听讲者会心微笑，时露愧色。我还到过一个山水胜处，奇峰竞秀，美不胜收。一个导游指着几座略似人体的山峰，讲着一个个贞节故事，如画的山水立时成了一座座道德造型。听讲者满怀兴趣，扑于船头，细细指认。

我真怕，怕这块土地到处是善的堆垒，挤走了美的踪影。为此，我更加思念莫高窟。

什么时候，哪一位大手笔的艺术家，能告诉我莫高窟的真正奥秘？日本井上靖的《敦煌》显然不能令人满意，也许应该有中国的赫尔曼·黑塞，写一部《纳尔齐斯与歌尔德蒙》（Narziss and Goldmund），把宗教艺术的产生，刻划得如此激动人心，富有现代精神。

不管怎么说，这块土地上应该重新会聚那场人马喧腾、载歌载舞的游行。

我们，是飞天的后人。

（摘自东方出版中心《文化苦旅》一书）

陇西行：465 窟

毕淑敏

陇西行的终点是敦煌。一路上看了那么多景观，我们都以为自己的兴趣像无以补给的内陆海水，水位越来越低。不想，当敦煌从远处地平线像飞蝗一样扑来时，内心仍然激起喜悦的狂潮。

敦煌、莫高窟这些名称，都带有字面上难以理喻的含义，让人联想到异域的古奥。我爱刨根问底，便搜集来许多种说法。我也不是史学家、文物学家，便依了自己的好恶，只取最喜欢的一种解释。

敦煌：汉代曾有人解释为盛大辉煌之意。原来这还是一个形容词。

莫高窟:因为千佛洞石窟修造在沙漠中鸣沙山崖壁之上，别处的沙漠地形都低，唯这处沙漠高兀，故称“漠高窟”。因沙漠的“漠”与莫名其妙的“莫”古时通用，所以传为莫高窟。莫高窟还有一个解释，说是乐僔和尚首先开凿洞窟，因道行“莫有高过此僧”的，故云“莫高窟”。我愿把这说法隐匿起来，向大家推荐“沙漠高处的石窟”之解，它在雄伟峭拔的自然力之上，又镀有人工雕琢的精巧之感。

如今的敦煌似乎当不起盛大辉煌这个词，是座县级小城。全城都在买卖旅游商品，像条文物街。

到了敦煌，仿佛进了另一国度，流行一套陌生的术语。弄不清它们的确切含义，就无从了解敦煌。

比如“窟”，就是山洞的意思。莫高窟坐落于敦煌城东南25公里处鸣沙山东麓，共有492个洞窟，4.5万多平方米壁画，3000多身彩塑，故称千佛洞。再通俗些讲，一座窟就是一座庙，内塑神像，莫高窟就是庞大的庙群。远远望去，窟像密集的蜂巢，排列于峭壁之上。窟都按顺序编号，不按年代，也不按大小。从左至右，像门牌号似的一字排下去，很平等公正。工作人员熟练地称呼着“××窟”，就像我们描述家庭住址一样。窟是分等级的，我们最后参观的465窟，是特级窟中的绝密，对海内外游人都从未开放过，任何一本游览手册中都没有对它的描述。

比如“经变”，就是把佛教经典用绘画、文学的形式表现出来。画出来就叫作“变相”；用文字写出来，就叫作“变文”。敦煌壁画大多数是经变故事，看起来像一幅幅连环画。

再比如“藻井”，看画册时，我怎么也弄不明白它指的是洞窟的哪一部分。其实它就是洞顶的天花板，不过它不是平坦的，而是一直拱上去，好像一口挖向苍穹的井。

好了，我们现在已经掌握了浏览敦煌的基本术语，可以向莫高窟进发了。

正是夏末秋初大漠上的黎明，朝日蓦然跃上三危山，将其庄严神圣的金光洒向鸣沙山，遍地流光溢彩，宛若仙境，给人留下刻骨铭心的记忆。

1600 多年前，从大漠深处走来一个和尚，身披玄色袈裟，手持齐眉禅杖。他也看到了这奇异灿烂的金光，被这奇妙宏大的景象眩惑，在断崖上凿开第一座洞窟，修造了第一尊佛像。这位和尚就是莫高窟的创始人——乐僔。

因为我们一行中有德高望重的长者，管理人员为我们打开不少秘窟。说是秘，也是这几年才严肃起来的。当地人说，前些年，有些洞连门都没有，人们可以像山风一样自由出入。如今，特级洞窟要经敦煌研究院院长亲批，而且每窟每人次参观费用要 100 元以上。

也不能怪敦煌的管理者故弄玄虚。据说用进口的仪器测定，一批游人进窟后，洞内的温度、湿度、二氧化碳浓度顷刻间便上升。游人走后，所有异常指标在几天内都无法降下来。人们在满足自身求知欲、探险欲、游览欲的同时，给这古老的窟院带来了

莫高窟 465 窟•供养菩萨

难以挽回的破坏。

太阳渐渐蒸腾出热浪，走进洞窟的第一个感觉是清凉如水。朦胧中见许多紫髯碧眼的北欧游人，赖在洞里不出来，他们更怕热。第二个感觉是黑。所有洞窟为了避免损坏，都不装灯。于是大家摩肩接踵，围着导游的大手电筒转。

开凿洞窟的鸣沙山断崖，为赭灰色半风化的沙岩，表面像橘皮似的粗糙，仿佛用手指一抠，就能拨下岩石的颗粒。我想，这座天造地设的山是莫高窟得以伟大和久远的先天之宝。若是极坚硬的石山，开凿起来就太困难了，洞窟就一定没有这么多，本小力薄的施主也就知难而退了。若是极酥的山，凿起来容易，塌起来也容易，就保存不到今天了。这山石只易于打洞，却凹凸不平，只好在洞壁糊上泥巴，因此诞生了莫高窟仪态万千的壁画。又因石头无法雕镂，只得以木胎绳麻泥土为塑，因此便留下千佛洞鬼斧神工的塑像。

古丝路曾经很繁华，这给莫高窟的修造提供了强大的物质基础。后来战乱频生，这一带又极荒凉，给莫高窟的保存维持了最宜环境。若一直繁华下去，善男信女们会不断粉饰洞窟，我们如今哪里还能看到魏晋盛唐时的真迹?！荒凉杜绝了人为的破坏，西北干燥寒冷的气候，又似一台冰箱，奇迹般地将莫高窟掩埋在流沙之中，完整地保存下来。

昔日的敦煌已淹没在历史的长河之中，屡屡袭来的边塞烽火，使长城坍塌、阳关毁弃。历史祸福相依，莫高窟像台风眼中的一叶扁舟，载着千余年前的辉煌，成为中国的骄傲。

我们一个一个洞窟参观，沿栈道攀缘不止。关于敦煌，已经有了那么多专著，我不再重复他们的话，只写属于我自己的那一份感受。

所有的人都说壁画精美绝伦，但十个指头还分长短哩！那时的工匠有技术精绝的高手，也有技艺平平的一般工程人员。看到一幅经变图，开头画得很宽松，想象得出画工从容不迫、优哉游哉的样子。但显然计划不周，故事没完，后面的地方不够了。他匆忙起来，人也小了，画面也挤了，总算把结尾安排进去。这肯定是个边设计边施工的新手，没个统筹安排。他的粗疏连同他的业绩一起留传下来。

佛教的经变故事看得人荡气回肠，但看得多了，便发现人物性格十分单一，实属艺术世界的扁平人物。

比如296窟，建造于北周。此窟顶为覆斗形，四周藻井为华盖式，井心为水池莲花，四角画飞天，藻井外围由忍冬、莲花、禽鸟、宝珠、宝瓶等组成图案，窟顶四周是此窟的主题画，其中之一为《微妙比丘尼缘品》。

微妙是一个女子的名字（多有特色的名字），她婚后回娘家生孩子，没想到半路上就临产了。血腥味招来了毒蛇，咬死了她丈夫。过河时，她怀抱婴儿，没想到儿子又被狼吃掉了，自己被水冲走。好不容易苏醒过来，碰到娘家报信的人，说她娘家失了火，父母全被烧死，微妙已无家可归。没办法，她改嫁第二个丈夫。再次生子之时，丈夫喝醉了回到家，把刚出生的婴儿煮熟了下酒，还逼她一起吃。微妙只好逃出家门。在路上碰到一个丧妻的男子，微妙又嫁给了他。婚后才七天，第三个丈夫又暴病而死，按照风俗，微妙被殉葬。半夜里盗墓贼扒墓，微妙获救后，被强迫与贼首结婚。婚后，第四个丈夫被抓住，判罪处死，微妙再次殉葬。这一次是狼扒坟救了微妙，后来微妙见了佛，佛把她度为比丘尼……

多么悲惨的命运，中国的祥林嫂见了微妙，也要自叹弗如。但微妙完全是听凭命运摆布的人物，看不到她的性格与色彩，更谈不到发展。这样的故事看得多了，便觉单调。

我特别留意16、17号窟，因为这就是著名的藏经洞所在。这是一座晚唐时的新型大窟，高大宽敞，像个小礼堂。在洞窟主室中心，设有马蹄形佛坛。四周饰有团凤壁画，是宋代绘制的。19世纪末，一个名叫王圆箓的道士雇人维修千佛洞。当他清理到这个洞窟时，扒开流沙，突然听到轰鸣之声，并且发现窟甬道北壁墙面出现裂缝。王道士将耳朵贴近裂缝并用手敲了几下，发现是空的。他试着打掉壁画，看见里面出现一扇小门，打开小门后发现一间密室，其中堆满数不清的经卷、文书、绘画等，共计5万余件，这就是后人所称的藏经洞。

藏经洞现在称为17号窟，面积约10平方米，相当于城市中两居室单元中的那一小间，供有河西晚唐时僧统洪辩的塑像。这座小窟原是洪辩的影窟（纪念窟），公元11世纪时由于河西地区动荡不安，寺院的僧侣们为使经书免遭战火，就把各种佛典和其他文书藏在这座小窟中，封闭了窟门，又在外面糊上泥巴，画上壁画。当年藏宝的人不知为什么再未打开这个窟，秘密便保存了九百多年。藏经洞被发现后，遭到了帝国主义分子肆无忌惮的掠夺和盗窃。沙俄、英国、法国、日本等国的探险家共攫走四万余件敦煌文书，我国仅存万余件，而且绝大多数为外国人挑剩下的佛经。

一座普通的坟墓从车窗外一闪而过。“那就是王道士的墓。”导游说。我急忙回头，已看不仔细，它已湮没在一片黄尘之中。

该如何评价这个人？很奇怪，怎么当年让一个道士管理佛家寺院？他曾以极低廉的价格将敦煌文书卖给外国人，该是中华民族千古不赦的恶人，但据说他为人十分清廉，所得款项均用来维修濒临倒塌的千佛洞。

据盗买文物的俄国人奥布鲁切夫在《中亚僻地》里回忆：王道士保存古写本的地点是洞窟中的一个陈列室，依次通过三个房间，才能到达洞窟的最深处，那里几百年未换气通风，而且绝不见阳光。王道士说自己平时极少进去，纵使进入，也只限于寂静的清晨之时。首先在第一窟室祷告数分钟，继而在第二窟室也依法从事。进入最后一窟室也要先等待数分钟而不能马上接触经书，为的是去掉入密室前，人身上所带的热气、潮气及邪念……

王道士在保存敦煌文书方面是虔诚的，甚至是科学的。他出卖文物，更多地是出于无知。

探险家们如取自家之物，将中华民族的瑰宝——敦煌文书，运回了各国的博物馆。由于他们先进的设备和技术，使这些古文书得到了极妥善的保管。英国和法国率先公开了所有的古文书，这不仅对中亚历史，而且给整个东方学的领域都带来了莫大的进步。敦煌文书的流失，使得它在客观上成为整个人类共同的财富。今天，世界范围的敦煌热、丝绸之路热，也许同敦煌文书的广泛流布有着不可分割的关系吧。

历史就是这样一个怪圈——福祸相倚。

傍晚时分，我们参观此次敦煌之行的最后一座洞窟——465窟。

给我们开车的驾驶员是一位老司机，曾拉着省委书记来参观，但他们也没有进过465窟。

它位于石窟群最北的山崖上，用一把专用的钥匙开门。这把钥匙掌握在敦煌研究院院长手里。

窟前有专人警卫，饲养着两只纯种狼犬，虎视眈眈。因为465窟曾经失窃，故格外严加防范。

465窟供奉的是藏传佛教密宗本尊神——欢喜佛，即佛教中的“欲天”“爱神”，做男女二人裸身相抱之状。

攀上扶梯，打开铁锁紧闭的重门，神秘莫测的气息扑面而来。随着导游昏黄的手电灯柱，我们看清这是一座中等大小的洞窟，四周斑驳古旧，显得很荒凉。当中原本塑有一尊欢喜佛雕像，解放初期就被捣毁了，现只遗有一个空台座。四壁画幅全为男女相拥图形，由于年代久远，色彩剥脱，轮廓已湮没不清。只见交叉的人体中伸出许多手脚，好像某种奇怪的生物。有一壁顶天立地画着很多这种形态的人体，仿佛一套广播体操的图谱，却看不出具体所指。据说曾请来密宗的许多高僧，希望他们能做出一番科学而合理的解释，但高僧们研究许久，也终于没说出个所以然。我细细观察一番，觉得那似乎是某种功法或是修炼的图解。同别人讲这看法，人家说你可能是武侠小说看多了，以为这是秘诀呢，也许只是当年的匠人随笔勾勒出的，倒成了千古之谜。

墙上的壁画有被刮去又复原的痕迹。465 窟的失窃曾使国内外舆论大哗。窃贼是从周围山崖上打了洞潜进的，用心可谓深也。不过很快就破了案，壁画重新完整无缺。

走出 465 窟，正是当年乐僔和尚看到三危山放射灿烂金光的时刻。三危山“三峰耸峙，如危欲堕，故云三危”。它横亘于广袤无垠的瀚海之上，恰如三根直插云天的桅杆，它给予莫高窟的创建者以最初的灵感：在一片金碧辉煌之中，三峰奇迹般地化为庄严肃穆的三世佛，重重拥卫的小峰，顷刻间化为弟子、菩萨以及天龙八部。湛蓝的天穹中，飞舞着彩云、宝带，还有那美妙的箜篌、琵琶、羌笛……飞天漫舞，千佛拂空，一个富丽堂皇的仙境展现在面前……

敦煌莫高窟是人类想象与智慧的结晶。在这大自然的胜景与人工艰苦卓绝的创造之间，我们被深深地震撼了。

（摘自长江文艺出版社《远行，与最美的世界相遇》一书）

沙之聚

张抗抗

千里河西，十日陇上之行的最后一站——敦煌。

去敦煌不全是为了莫高窟。我明白，却不能说。其实心里惦念了很久的，是茫茫大漠中那座神奇的鸣沙山。

有人说在清朗干爽的风天，傍晚时分，在山脚下能听见沙子"呜呜"的鸣响。伴着月牙泉"汩汩"的水声，这鸣沙山就是沙漠中的音乐之城。

血红的夕阳隐到山后，天空纯金一般闪亮。鸣沙山从尘埃中静静显露，眼前一片混沌的金黄。天低了，地窄了，原野消失，大海沉没，唯有这座凝固的沙山，如同宇宙洪荒时代的巨型雕塑，矗立于塔克拉玛干沙漠的起点或尽头。

也许最初的创造只是出于一场无意的游戏。千古寂寞，朔风把大山和岩石揉成沙砾，然后又把白灼的细沙重新捏成一座山岩——当鸣沙山成为鸣沙山时，它已是一群雄健而威武的西北汉子，壮硕的脸膛上刻着重重的深邃而俊俏的线条。绵延的山脊如一道锋利的刀刃，挎于腰间，举过头顶。曾在梦里见过许多回的鸣沙山，在这一刻却忽然变得不那么真实——曾有过千姿百态的想象，可就没想到，一座沙子聚成的山，居然能聚得如此刚硬而棱角分明。

那沙子是如何一粒粒汇拢堆积聚合又浑然一体地升高壮大的呢?

我读不懂鸣沙山。

脱去鞋袜，光脚走上沙丘。沙极细且柔软，有一种温热的暖意，从脚跟缓缓升起。沿着山脊上坡，瘦削的山顶如地平线在远天呼唤。沙中的脚窝很深，却不必担心会陷落，沙窝似有弹性，席梦思般地托着我，起起伏伏，跳着即兴而随意的舞蹈，在自己身后留下一长串深深的脚印，像沙漠之舟……

忽然醒悟，沙山原来还很温柔。

沙山的温情别有一种表达的方式。天下也许再不会有比鸣沙山更坦率的山了——它从来没有外衣，没有包装，没有树林，没有青苔，只有金沙连着银沙，一无遮拦地铺陈开去，裸露的身体无需任何一点覆盖，从从容容地展示着它优美的体态和曲线。它坦坦荡荡，清清白白，冷峻中含有几分柔韧，野性中有几分羞涩，从春到冬，永远敞开胸怀，呵护着来往西域的路人。

我惊异，我惶惑，我读不懂鸣沙山的性别。

夕阳已完全沉落，月亮从大漠尽头悄悄升起。沉浸在月色中的鸣沙山，如海上漂流的冰峰，烟笼雾绕，白璧无瑕。沙峰之顶，更像仙山琼楼，难以企及。回望身后，沙坡笔陡如削，四壁悬空。果然有降落伞的旅游服务，可以在山坡上迎风一跃，降落到海绵般的沙谷中去。

月色迷茫，星星深远。亘古大漠，冷峻寂然。有凄凉的风，从沙底一丝丝透出来。那个时刻，我相信永恒。

也许是风之手在人们歇息之时，抚平了沙海的每一道印痕；又将沙子赶回它们原来的位置，将它们重新凝聚，重新整合，重新磨砺。每日每夜，风都这样不知疲倦地完成着它手中不朽的雕塑。当人们发现风儿揉捏了再造了沙山时，风已飘然而去。

沙之聚，有自由的风之手。那么人心呢？人心之聚，更如八面来风；若是一盘散沙，解铃还需系铃人——风聚沙，便是一个顺其自然、循序渐进的演变之途。想必是，当风参透沙的心，风的需要成为沙子的需要时，沙子就自己走动起来、舞蹈起来，最后完成它的屹立。

声声驼铃，在大漠上远去，鸣沙山却无言。

（摘自吉林人民出版社《沙之聚》一书）

沙丘上，时光凝固的敦煌

于　坚

流沙无可奈何的敦煌

并非所有的沙都会被风吹散。

莫高窟后面是巨大的沙堆，高出沙漠和戈壁滩十多米，像几匹皮毛光滑的骆驼伏卧在苍天下。莫高窟是沙堆前面的一排丘陵般的砂岩，挡住了滚滚流沙。砂岩上开凿了一排排洞窟，里面供奉着佛陀以及无数神祇的塑像、彩绘、经书。砂岩前面是一条河，水已经干了，只是河岸上白杨林立，摇曳多姿，仿佛河水顺着黑暗之根流到树身里去了。狂沙过后，莫高窟依旧。

沙漠环绕着敦煌，就像一种迷恋。

自开凿以来，这些洞窟已经存在了 1000 年以上，灰黄色的沙粒依然堆积在那里，风将它们吹走，又把它们吹回原地，似乎一粒未多，也一粒不少，无法计数。在敦煌天空的热光下，乍见这些洞窟，人不由得会双膝发软，如果有人毫无来由地朝着它们跪下来，也很自然。这并不一定是宗教狂热引起的反应，这地方太神奇了，滚滚流沙忽然在大漠上停下来，凝固成坚岩，裹挟出幽秘的洞穴，在盲者眼眶般深邃的黑暗里，五色从枯沙中溢出，立地成佛。

这是 8 月，河床干涸，乱石被烤得如烙铁般滚烫。本地人说，水会回来的，但不知道什么时候回来，也许在秋天将尽，也许更晚。水消失了，莫高窟没干，那些不朽的线条、塑像、色彩、洞穴……持续着我们称为“敦煌”的那种东西，它超越了干旱、沙化、时间，似乎一切都对它无可奈何。许多杰作已经散佚到沙漠以外，渡过大海，进入广阔的绿洲，深入世界各大陆的博物馆和私人收藏中。

朝圣者像狂沙般滚滚而来，又像沙一样消失。莫高窟的沙堆上经常呈现这种景象，一队轻沙如骑兵突袭，忽然勒马升腾起来，在空中又如轻烟般散去，无影无踪，天空继续湛蓝，沙冈再次安静，等着沙下一回来袭。莫高窟的神奇在于，它在沙之内创造了那种不是沙的东西。

跨进一个与众不同的唐

就宗教来说，莫高窟这个位于塔克拉玛干大沙漠边缘的沙丘并不是佛教圣地，释迦牟尼没有在此诞生、成道、涅槃；这里也没有释迦牟尼丝毫的遗迹、行踪，更没有藏着他的舍利子。这种由于信徒们的幻觉而兴起的供奉佛教偶像的洞窟，满世界都是。敦煌不过是塔克拉玛干大沙漠中的一处航标，供奉着保佑旅人平安的神明。

本来，世界传统的朝圣地并不包括敦煌，朝圣者的队伍是在最近一个世纪中悄悄地壮大起来的。上个世纪，还只有由少数先知组成的零星小队，到如今，朝圣者已经像洪流般滚滚不绝了，前往敦煌旅游的人已超过百万。他们大多数并非佛教徒，来客也不一定都与宗教信仰有关。此地并非塞外江南、避暑胜地，也不是风水宝地。就风水来说，这地方可说是风水不转，既不依山也不傍水，凝固成丘陵的沙、块状的沙、飞沙……沙，只有沙。这个圣地究竟“圣”在哪里?

莫高窟极不显眼，深陷于大地的黑暗中。要不是人流滚滚，粗心的旅行者大多会漠视它。几排参差不齐的洞穴藏在土黄色的砂岩上，犹如原始人的寓所。砂岩前面立着一座简朴的木质牌坊，穿过这座牌坊，就进入了莫高窟。

莫高窟起源于一个传说，据说有一位僧人曾在此地见到金光在砂岩上一闪，这就是佛陀的指示。

我们似乎是趁着那些隋末或晚唐的大匠们休息的空当，溜进他们的工作室：这个唐与书本上的唐不同，与博物馆里的唐不同，这个唐是唐的作坊、工作室，是不朽之作得以诞生的摇篮。匠人们就在这里面调色、雕塑，累了喝口水，靠着墙打个盹。随着“哗啦”一声，锁开了。光线先进去，洞窟隐晦处亮起来，闪出一股老茶才有的苦涩味。光线跪到地上，又朦朦胧胧地反射到壁间，隐约看见一尊神端坐正中，微笑着欠身道：“来了？”

（摘自《读者》 2015 年第 3 期）

古乐谱复活记：从敦煌经卷走出的唐琵琶曲

贾培浩　讲述　王文元　文

敦煌藏经洞出土唐五代琵琶谱

千年前，唐代诗人白居易的一曲《琵琶行》，在描述一位歌女悲惨人生经历的同时，也将琵琶这一乐器推广到了妇孺皆知的地步。千年后，《琵琶行》依旧是中学生的必背唐诗。或许，众多的唐诗读者在读《琵琶行》时，根本没想到，今天我们还能听到大唐琵琶曲。这就是敦煌藏经中的唐五代琵琶曲。

这些唐代古乐谱是如何走出敦煌经卷的呢？这要从一百年多

年前的一件事说起。

1900 年，敦煌，一个神秘的洞窟被打开，无数古代文书重见天日。其中，一份卷子的背后，写着神秘古怪的文字，非常难认，号称“天书”。经过半个多世纪的破译，才初步判断，神秘天书是唐代琵琶曲。那么，这些唐代的琵琶曲还能弹奏吗？如果能，它们究竟是什么曲子呢？

贾培浩，著名琵琶演奏家，也是大型乐舞《敦煌古乐》的琵琶演奏家。数十年间，他在学习席臻贯等著名学者解译唐五代琵琶曲论著的同时，也参与了将千年古曲搬上舞台的实践，更为之做了持久的努力。终于使一些唐琵琶曲走出经卷，成为一首首沁人心怀的古乐。这背后，传奇多多，故事多多。

今天，就让我们聆听贾培浩先生讲述唐代琵琶古谱不为人知的往事。

唐代古谱号称天书，解译出来竟是琵琶曲

那份敦煌经卷能保存下来，真是无比的幸运。比经卷更幸运的是它背后记录的唐五代古乐谱。这是众多敦煌经卷中，唯一的一份曲谱。写有乐谱的经卷编号 P3808，是长兴四年的一个卷子。“长兴”是后唐的年号，为公元 933 年。这份卷子似乎是当时为达官贵人讲解经文所用，不知何故，在背后记录了古乐谱。 这些古乐谱分为一段一段，每段都有标题，有急胡相问、急曲子、

又慢曲子等等。而记录曲子的文字像“五六七”，但细看却又掺杂着注音符号“ㄣㄒㄛ”这样的符号。人们断定，这应该是曲谱，因为标题写着曲子，但究竟是什么曲子，却无人可知。学者们作出种种推断，有说是笛子曲，有说是管子谱。后来，才确定这是琵琶谱。

对于古曲谱而言，仅仅知道名字是远远不够的。如何演奏它们才是最为关键的。可是，越往前走，难度就越大。到上世纪八九十年代，对这些古曲的研究终于有了重大突破。1982 年，经典舞剧《丝路花雨》正在西安电影制片厂拍摄电影，那时我是琵琶演奏者。这期间，叶栋先生公开了他破译敦煌琵琶谱的成果。我很激动。对于一个专业的琵琶演奏家来说，这个消息很令我们震撼。唐五代的琵琶谱能保存下来，多么不容易。这也引发了国内学术界解译敦煌古曲的高潮，叶栋、何昌林、席臻贯、陈应时等多位专家先后投入到解译古谱的工作中，取得了一系列的成果。

那时，还不敢想能不能把它们复活。但无疑，这些研究是后来古曲复活的第一缕曙光。第二年，《丝路花雨》剧组到法国巴黎演出。著名敦煌学者席臻贯是个有心人。他到巴黎后，去了法国的敦煌研究所。在该所专家们的帮助下，看到了敦煌古谱的影印件。回国后，席臻贯就全身心投入到敦煌古谱的解译中了。他从法国之行，感受到了外国人对敦煌经卷的研究进度，我们不能落后啊！随后的十年，席臻贯十年磨一剑，查阅了无数的资料，头发都白了。席臻贯在前人研究的基础上，用了全新的视角，终

菩萨伎乐

于将“天书”中隐藏的秘密揭开。

这究竟是什么秘密呢？在中国传统文化中，向来讲究诗、乐、舞三位一体。一个时代好的艺术，一定是相互匹配的。至今，脍炙人口的唐诗、敦煌壁画的优美舞姿，一定会和优美的乐曲同在。这一点给席臻贯很大的启发。他从这里入手，逐渐将琵琶曲解开。他的成果发表后，在国内外引起了很大轰动。

席臻贯先生对敦煌古谱解读的贡献在哪里呢？他将破解出来的敦煌乐谱，不仅用文字进行描述，更为重要的是，他还请了全国的很多名家，录制了琵琶谱独奏、配乐器合奏、配敦煌曲子词演唱三盘录音带。

可以这样说，席臻贯先生他们在用琵琶演奏的同时，又从敦煌经卷中找到了保存的曲子词“又慢曲子，西江月”等，将其配上了琵琶乐曲，进行演唱。还将敦煌壁画上保存的唐代乐器复原了一些。这样，席臻贯通过诗乐舞这个桥梁，将敦煌古代琵琶曲渐渐地复活了。

复原修理唐代乐器，演奏出唐人乐曲

这仅仅是个开始。更大的难题是，如何把复原出来的唐代古乐搬上舞台。因为，破译的琵琶谱，演奏时间非常短，大部分为一分钟，稍长一点的一分钟多一点，显然不适合在舞台上演奏。

必须找到一个适合演出的路子。1993 年，任敦煌艺术剧院院长的席臻贯筹划了一个更大的复原计划——把敦煌古乐搬上舞台。这可以说是上世纪九十年代初敦煌艺术剧院的奋斗目标。我作为琵琶演奏者，几乎参与了所有的排练及演出。此时，我已经五十多岁了，从小学就喜欢琵琶的我，经过几十年的锤炼，已是院里的琵琶演奏主力了。

这也是一次洗耻的行动。我国著名敦煌学者任二北先生曾经说："今敦煌曲谱，又先留在异邦，设若有人努力钻研，或竟先我而能贯通，摹拟演出，张皇于世，其时，斯伯诸奸，设然有在昔者，岂不益用，沾沾自得，振振有词？在我则自辱人辱，分辨不清，又将何以堪？"他是说，这份古谱我们不研究它，不解译它，如果让外国人先破译了，先搬上舞台，国人将无地自容。这也是我们的初衷。可是一切都要白手起家。经费也很有限。院里经过多次考察，将复制唐代古乐器的任务交给了扬州乐器厂。因为这个厂的报价是国内几个大乐器厂中最低的。说实话，扬州乐器厂也不知道怎么做，缺乏经验。因而，制作的乐器存在这样那样的问题。有些音不准，缺少品、相等配件。

我作为一个老同志，会一点木工活，便找来竹子，拿出我保存的几块硬木，锯成毛片，用砂纸打磨。打磨好，再用鱼鳔粘上，干了后，还要为一把把琵琶调好品、相的音高。虽然，这样占用了不少时间，也弄得满屋子的锯末，但为了复原古谱，我依旧乐此不疲。

这一点，要感谢我的启蒙老师李庭松先生。他是琵琶的演奏大家，也是琵琶的教育家。他常教育我们，弹琴的人，要会调修相、品及定音。因为琵琶是我们的武器。

急胡相问，敦煌古谱是这样复活的

排练过程更是多方开动脑筋。不仅仅要将短短的曲谱演奏出来，更是要将其复原成为一首适合现代人欣赏的音乐。有些用到了夹花、变奏等多种手段。还有些曲子是没头没尾，这就要给它补充完整。

演奏曲谱，不能光按曲谱弹奏，还要对唐代的历史、文化进行思考理解和考据。比如敦煌古谱中第十九首曲子，曲牌名叫急胡相问。急胡，究竟是什么意思，至今弄不太清楚。大概和当时西北的游牧民族有关。从《急胡相问》看，可以肯定的是，曲调中那些粗犷、铿锵的音符，是非常有动感的。此时，《敦煌古乐》编排中阴柔优雅的东西多，缺少阳刚的东西。如何加点阳刚的东西呢？这时，唐代诗人岑参的边塞诗启发了我，他写道："四边伐鼓雪海涌，三军大呼阴山动。虏塞兵气连云屯，战场白骨缠草根。"他还写道："将军金甲夜不脱"，"风头如刀面如割"。这些诗句描写的战争场景是何其雄浑、惨烈、悲壮，至今读起来，依旧令人热血沸腾。这不就是阳刚的东西吗？我们就按照唐诗中的描述，构筑了风沙、雪夜、长城下、雪海边，开拓疆土的将士披甲而眠，睡梦中"铁马冰河入梦来"的场景。又用大量音乐元素、琵琶演奏指法演绎了出来。我们将其取名为《边塞》。《边塞》是个武曲，时长7分钟，整个过程环环相扣，演出效果非常好。在第四届中国艺术节上演出后，取得了轰动性的成功。著名学者唐满城先生说，近十年来，很少有人能听到琵琶这样淋漓尽致的演奏。

其他的曲子也通过这样的手法，逐渐将它们复活。比如，敦煌古曲中第十八首《水鼓子》，曲调欢快，跳跃，但有空拍。我们用席臻贯先生复原的五种琵琶，将它进行了演绎，也取得了非常好的效果。

其他的琵琶乐曲，通过这样的手法，渐渐复活了出来。《敦煌古乐》在国内外演出取得很大的轰动。通过席臻贯先生的解译，又经过我们的演奏解译，这些唐代琵琶曲逐渐走出了经卷。

这么多年，我一直没有放弃对敦煌古乐的追寻。我曾在敦煌，看鸣沙山的霞光，听阵阵驼铃，感受沙漠驼铃、雁叫霜天。也看到过莫高窟被阳光普照，石窟熠熠生辉的情形。后来，我新曲子的专辑主打曲目就是《敦煌佛光》。

回想敦煌古乐谱搬上舞台的过程，它是个非常了不起的创举，也是个浩瀚的艺术工程，有很高的学术价值，圆了任二北先生的梦。千年古乐谱，真正在舞台上奏响，这是多么值得庆贺的事啊！

我想敦煌古曲，也将是我继续前行的方向，我会一直走下去。

（摘自《兰州晨报》2015年5月9日）

兰州杂碎

茅　盾

南方人一到兰州，这才觉得生活的味儿大不相同。

一九三九年的正月，兰州还没有遭过轰炸，唯一漂亮的旅馆是中国旅行社办的“兰州招待所”。三星期之内，“招待所”的大厅内，有过七八次的大宴会，做过五次的喜事，其中最热闹的一次喜事，还把“招待所”的空客房全部租下。新郎是一个空军将士，据说是请准了三天假来办这场喜事的，假期一满，就要出发，于是“招待所”的一间最大的客房，就权充作三天的洞房。

“招待所”是旧式房屋，可是有新式门窗，绿油的窗，红油的柱子，真辉煌！有一口自流井，抽水筒成天 katakata 地叫着。

在上海受过训练的南方籍茶房，给旅客端进了洗脸水和茶水来了；嘿，清的倒是洗脸的，浑的倒是喝的么？不错！清的是井水，是苦水，别说喝，光是洗脸也叫你的皮肤涩巴巴地难受；不用肥皂倒还好，一用了肥皂，你脸上的尘土就腻住了毛孔，越发弄不下。这是含有多量碱质的苦水，虽清，却不中使。

浑的却是河水。那是甜水，一玻璃杯的水，回头沉淀下来，倒有小半杯的泥浆，然而这是“甜”水，这是花五毛钱一担从城外黄河里挑来的。

不过苦水也还是水。甘肃省有许多地方，据说，连苦水也是宝贝，一个人独用一盆洗脸水，那简直是“骇人听闻”的奢侈！吃完了面条，伸出舌头来舐干那碗上的浓厚的浆汁算是懂得礼节。用水洗碗——这是从来没有的。老百姓生平只洗两次身:出世一次，去世一次。呜呼，生在水乡的人们那里想得到水竟是这样宝贵？正如不自由的人，才知道自由之可贵。

然而在洪荒之世，甘肃省大部分恐怕还是一个内海呢！今之高原，昔为海底。单看兰州附近一带山壁的断面就知道，像夹肉面包似的一层夹着一层的，隐约还见有贝壳的残余。但也许是古代河床的遗迹，因为黄河就在兰州身边过去。

正当腊月，黄河有半边是冻结的，人，牲畜，车子，在覆盖着一层薄雪的冰上走。但那一半边，滔滔滚滚的急流，从不知何处的远远的上游，挟了无数大大小小的冰块，作雷鸣而去，日夜不休。冰块都戴着雪帽，浩浩荡荡下来，经过黄河铁桥时互相碰击，也碰着桥础，于是隆隆之中杂以訇豁的尖音。这里的河面不算仄，十丈宽是有的，站在铁桥上遥望上游，冰块拥挤而来，那上面的积雪反映日光，耀眩夺目，实在奇伟。但可惜，黄河铁桥上是不许站立的，因为是“非常时期”，因为黄河铁桥是有关国防的。

兰州城外的河水就是那样湍急，所以没有鱼。不过，在冬天兰州人也可以吃到鱼，那是青海湟水的产物，冰冻如石。三九年的正月，兰州的生活程度在全国说来，算是高的，这样的“湟鱼”，较大者约三块钱一尾。

三九年三月以前，兰州虽常有警报，却未被炸，兰州城不大，城内防空洞不多，城垣下则所在有之。但入口奇窄而向下，俯瞰宛如鼠穴。警报来时，居民大都跑避城外；城外群山环绕，但皆童山，人们坐山坡下，蚂蚁似的一堆一堆，老远就看见。旧历除夕前一日，城外飞机场被炸，投弹百余，但据说仅死一狗。这是兰州的“处女炸”。越三日，是为旧历新年初二，日机又来“拜年”，这回在城内投弹了，可是空战结果，被我方击落七架(或云九架)，这是“新年的礼物”。从此以后，恼羞成怒的滥炸便开始了，几乎每一条街，每一条巷，都中过炸弹。四〇年春季的一个旅客，在浮土寸许厚，软如地毡的兰州城内关外走一趟，便往往看见有许多房子，大门还好好的，从门隙窥视，内部却是一片瓦砾。

但是，请你千万不要误会兰州就此荒凉了。依着“中国人是有办法”的规律，四〇年春季的兰州比一年前更加“繁荣”，更加飘飘然。不说俏皮话，经过多次滥炸后的兰州，确有了若干建设：物证说是有几条烂马路是放宽了，铺平了，路两旁排列着簇新的平房，等候商人们去繁荣市面；而尤其令人感谢的，电灯也居然像“电”灯了。这是因为一年中间整饬市容的责任，是放在一双有计划的切实的手里，而这一双手，闲时又常常翻阅新的书报——在干，然而也在朝四面看，不是那一埋首只看见了自己的脚色。

但所谓“繁荣”，却也有它的另一方面。比方说，三九年的春天，要买一块肥皂，一条毛巾，或者其他的化妆品，当然不是“踏破铁鞋无觅处”，可是货色之缺乏，却也显而易见。至于其他“洋货”，凡是带点奢侈性的，只有几家“百货店”方有存储，而且你要是嫌他们“货色不齐全”时，店员就宣告道:“再也没有了。

这还是从前进来的货呢，新货不来了!”但是隔了一年工夫，景象完全不同，新开张的洋货铺子三三两两地在从前没有此类店铺的马路上出现了，新奇的美术字的招牌异常触目，货物的陈列式样也宛然是“上海气派”；陌生牌子的化妆品，人造丝袜，棉毛衫裤，吊袜带，手帕，小镜子，西装领带，应有尽有，非常充足。特别是玻璃杯，一年以前几乎少见的，这时也每家杂货铺里都有了。而且还有步哨似的地摊，则洋货之中，间或也有些土货。手电筒和劣质的自来水笔，自动铅笔，在地摊上也常常看

兰州水车

到。战争和封锁，并没有影响到西北大后方兰州的洋货商——不，他们的货物的来源，倒是愈“战”愈畅旺了！何以故？因为“中国人是有办法”。

一个在特种机关里混事的小家伙发牢骚说：“这是一个极大的组织，有包运的，也有包销的。值一块钱的东西，脱出手去便成为十块二十块，真是国难财！然而，这是一种特权，差不多的人，休想染指。有些不知死活的老百姓，穷昏了，居然也走这一道，肩挑背驮的，老鼠似的抄小路硬走个十站八站路，居然也会弄进些来；可是，沿途哪一处能够白放过，总得点缀点缀。要是最后一关碰到正主儿的检查，那就完了蛋，货充公，人也押起来。前些时，查出一个巧法儿：女人们把洋布缠在身上，装作大肚子混进来。现在凡是大肚子女人，都要脱光了检验……嘿，你这该明白了罢一句话，一方面是大量的化私为公，又一方面则是涓滴归公呵！”

这问题，决非限于一隅，是有全国性的。不过，据说也划有势力范围，各守防地，不相侵犯，这也属于所谓“中国人是有办法”。

地大物博的中国，理应事事不会没有“办法”，而且打仗亦既三年多，有些事也应早有点“办法”。西北一带的根本问题是“水”。有一位水利专家指点那些秃顶的黄土山说：“土质并不坏，只要有水！”又有一位农业家则看中了兰州的水果，幻想着如何装罐头输出。皋兰县是出产好水果的，有名的“醉瓜”，甜而多汁，入口即化，又带着香蕉味一般的酒香。这种醉瓜，不知倒底是哈密瓜的变种呢，或由它一变而为哈密瓜，但总之，并不比哈密瓜差。苹果，沙果，梨子，也都不坏。皋兰县是有发展果园的前途的。

（摘自《见闻杂记》1941 年 3 月）

皋兰夜语

雷　达

久居兰州的人都知道，深夜出门，不用抬头，即能感到，或身后，或眼前，定有一庞然大物在夜色中谛视着你，那就是皋兰山了；也不必引颈四顾，定能听到一种哈气似的嗬嗬声在空气中鼓荡，那就是黄河的涛声了。

记得一九八六年前后，有位兰州的故交到了北京，闲谈中顺便说起："皋兰山上建公园了。"兴许他的语调太平淡，兴许当时的我未及细想，反正我没当回事。我估计，那无非是在皋兰山腰的某处修了个凉亭罢了。我的想象力再丰富，也是断乎达不到山颠的——在我少年的记忆里，皋兰山仰不可攀，直薄云汉，如壁立的屏障守护着兰州，兰州则是偎在它脚下的羊群。实难想象，在这陡峭的几乎寸草不生的皋兰山之巅，能建个什么公园。

终于，在一秋日傍晚，我回到了阔别二十多年的兰州。下火车后猛一抬头，竟惊讶得说不出话来：皋兰山还是那副熟悉的静卧了千万年的姿势，老熟人似的对我歉然一笑，但仰观山顶，却全然陌生了，著名的“一棵树”没了踪影，只见原先最高处烽火台的位置上，隐约飞起层层亭台楼阁，与秋夜的星斗混成一团，细辨则有角翼然，在雾霭里明灭，如神话里的蓬莱仙境一般，好像一阵风来，那缥缈的楼阁随时有升入霄汉的可能。这就是友人所言“兰山公园”了吧，果然奇幻至极。由于地面是万家灯火的闹市，山顶是星光灼灼的亭台，而中间部分的大荒山完全融入了沉默的夜色，所谓山顶公园便有了天上宫阙、琼楼玉宇似的飘游感。我盯视片刻，觉得眼睛发酸，真不知是天宫在轻摇，还是夜气在浮动。

我也算是到过一些地方，见过一些世面的人了，就说夜景吧，曾登上国际饭店看上海（听说现在该去登东方明珠电视塔了），也曾登上枇杷山看重庆，还在飞机上看过夜的法兰克福和罗马，但我敢说，它们尽可以其富丽或壮丽炫人，却都不如夜的皋兰山那么富于梦幻之感。我早就觉得，兰州含有某种说不清的神秘和幽邃，暗藏着许多西部的历史文化秘密，凡只到过西安没到过兰州的人，绝对不能算到了大西北；只有到了兰州，而且流连黄河滩，驻足皋兰山者，才有可能摸索到进入大西北堂奥的门径。

我从来都固执地认为，王之涣的《凉州词》，只能作于兰州，而且描写的也只能是襟山带河的兰州。“凉州词”乃古乐府惯用的诗题，并非只能写凉州或只有亲临凉州者才能用它，这就犹如唐人写“出塞”、“入塞”的诗很不少，却并非每个人都非要出一回塞一样。可是，单就这首诗的意境观之，恐怕诗人不亲自来到一个高山、长河、古城三者奇绝地扭结在一起的地方，是断难杜撰得出来的。

我想象，王之涣是在一个早春的正午，一个假阴天，来到兰州雷坛一带的河谷的，他极目西眺，觉得黄河上接白云，仿佛是从云端挂下来的，就有了“黄河远上白云间”的句子出唇；再侧目一看，发现身边的孤城兰州紧贴着崔嵬的皋兰山，四围群山如簇，使山愈大而城愈小，便生出了“一片孤城万仞山”之慨；当时天气乍暖还寒，兰州一带的杨柳还没有吐芽，王之涣打了一个寒噤，猛听得有羌笛声若断若续飘来，心里想，兰州尚且如此，那凉州以西的古战场，还不知道会怎样的苦寒呢，遂叹息道，“羌笛何须怨杨柳，春风不度玉门关”啊。我这样解，唐诗专家可能要引经据典地起来反驳，但据我所知，只有兰州才具备诗中所写的特殊地貌，往西去，甘、凉、肃、瓜四州不是这样，沿黄河上下逡巡，济南、郑州、西宁、银川等地，也都不是这样。后又发现岑参咏兰州的诗，“古戍依重险，高楼见五凉。山根盘驿道，河水浸城墙”，益发坚定了我的看法。

兰州这地方确乎有种非凡气象，黄河穿城而过，环城则是山的波涛，好似一座天然的古堡，外面的东西不易进来，里面的东西也难出去，铁桶也似的封闭。要是在西安，你会感到关中大平原的坦荡与敞开，身在兰州，你就没法不体验一种与世隔绝的疏离感、禁锢感，连走路的步子都会放慢。从地图上看，兰州才是中国真正的中心。老人们常说，环绕兰州盆地的群山是一条逶迤的巨龙，皋兰山是龙头，九州台是龙尾，确实越看越像。小时候，我就经常好奇地久久凝视着它，盼望着又惧怕着它会抖动头颅。及长，渐渐知道了龙的传说，就想，这里是否才是中华民族真正的发祥地？惜乎只是猜想，并无如“黄陵”之类的有史可征。但凭着直觉，我相信这是一块神秘的土地，以前必发生过或不见史籍却惊天泣地的事，以后也必会弄出震撼神州大地的响动。

考证起来，兰州的历史甚为悠久，秦置陇右郡，汉置金城郡，隋置兰州，皆为兵家必争之险要，到了今天，它更是西北重镇，交通枢纽：陇海、兰新、兰青、兰包诸线，均奔凑兰州而来，交会之后又各奔西东。川陕及沿海的货物要进入青海、新疆、西藏，或青海、新疆、西藏的产物要运到内地，大都须经兰州这个“瓶颈”。兰州的得名，一说来自于夹峙着它的一山一河，即皋兰山（兰）和黄河之滨（洲）；一说古时的兰州四季如春，盛产兰花，故有此名。对后一说，我有些怀疑。古兰州府或古金城郡，其实是一个小文化圈的别称，它还应包括河州、湟州、临洮、循化、榆中、皋兰等一大片青海与甘肃接壤的地面。新石器时代著名的马家窑文化和稍后的齐家文化，老窝都在这里，前者因临洮的马家窑而得名，后者因广河县的齐家坪而得名，你想找最地道的三足鬲和鱼纹盆，恐非此地莫属。曾使举世惊愕，众学者争执不休的“舞蹈纹彩陶盆”，即出土在这个文化带。此盆也确实奇特得很，盆沿上的舞者，咱们的老祖宗们，头上之饰物似为发辫，披于脑后，而下体之物，就很像男性生殖器，舞者裸体而踏跳，奔放恣肆，性器官非常之突出，这就不能不使学人们大费猜详，一定要破译它的意义了。列祖列宗，你们何以豪放如此？它的笔势、动感、构图、线条均出奇的成熟，却出自五千年前的先民之手，怎不令人惊异。

所以，兰州是封闭的、沉滞的，但又是雄浑的、放肆的。不信，你往黄河老铁桥上一站，南望皋兰山，北望白塔山，下望黄河那并不张扬却又深不可测的浑浊漩流，会感到一种山与河暗中较劲的张力，或如蒙克绘画中才有的紧张感。据说现在的黄河冬天也不结冰了，于是不存在解冻问题，但在我小时候，看春天的“开河”，那刺激不亚于惊雷奔电。若一个人独立河边，或会被它骇人的气势吓得战栗。看啊，一块块硕大的排冰，像一个个满怀仇怨、冲锋陷阵的生灵，互相追逐着、撞击着，那高扬着手臂的冰块杀过来了，那低头冲刺的冰块迎上去了，时而惊天动地地轰鸣，时而粉身碎骨地呻吟，有的冰块狂暴得简直要扑到岸边来捉你，于是冰水都溅湿了你的棉鞋。四野岑寂，整条大河犹如低吼着的、厮杀不断的、尸横遍野的战场。夜幕降临，益发骇人心目。这不由得让人想起《吊古战场文》里河水萦带，群山纠纷，声析江河，势崩雷电一类的句子，遥想起发生在著名的兰州河谷里的无数部落之间、宗教之间、民族之间、政治集团之间、阶级之间的征战和杀伐……

翌日，天一放亮，我便急于寻觅登皋兰山的途径，想弄明白夜气中仙山琼阁的来由。我虽在兰州长大，却从未登上过皋兰山，在过去，那几近妄想，这回该偿还宿愿了。此时，王作人先生来了。王是我当年在兰州大学的同窗密友，现为该校教授，新闻系主任，他约我同去拜访另一同学杨临春女士。杨的寓所恰在皋兰山脚下，窗明几净，我们就坐看通往山顶的缆车缓缓上下，以及游客们的嬉笑状。杨说，千万不要白天坐缆车游山，那太没想象力了，一定要夜里上去，你才能看到一个真正的神秘的兰州。

饭后，三个老同学散步在通往五泉山（皋兰山脚下的一处名胜）的路上，互相打量一番，感慨油然而生。作人是当年班上的英俊小生兼饱学之士，如今业已头顶微谢，一脸沧桑，他那曾经俊逸的脸庞，平添了不少岁月的沟壑。临春是著名的“校花”。当年我在班上年龄最小，虽不明内情，倒也听说，她的追求者就有“十八罗汉”之多。那可能是夸张，肯定有冤枉的，比如仅写了一张小纸条者之类。现今的她，已是五十出头的人，正遇上私人生活的坎坎坷坷，脸色颇显憔悴，明亮的眸子流露着呆滞，只有秋风中依然苗条的背影，还能想见昔日的丰韵。按老话说，她的出身不好，解放后家境败落，举家作为移民被遣到河西走廊某县，在兰州上高中时，寒暑假没钱回家，她就住在学校里，三九天还穿着一双球鞋。她后来的境况时好时坏，似乎一直摆不脱出身的阴影。她是在外面闯荡多年后回到兰州的，我们开玩笑地说，这叫归正果。看着她的背影，心头忽然升起一种苍凉感：我们这代人的青春真像小鸟一样不回来了么？

他俩都说我不见老，我惟有苦笑，我说，这可能因为咱们西北人皮肤“厚黑”，少不显少，老不显老吧。临春忽然向我提了个严肃问题，她说，当年咱们班分配到北京的十几个人，为什么除了一二个，不出几年全都纷纷回来了，有的是老婆拖后腿，有的是生活不习惯，一个个直到回到老家的热炕上方觉安妥，你说，这仅仅是甘肃人家乡观念太重，畏惧交往，习性保守的缘故吗？我想了想说，这问题太复杂了，几句话如何能说清。直到今天，在北京的甘肃人仍颇为寥落，牛肉拉面的打遍全国并不证明实质上有多大改变。比如，中直系统的全国作协会员近千人，而多年来其中的甘肃人竟只有我一个，陕西人则要多得多，你说怪不怪？也许，这些都与眼前的这座大山有关吧。

夜深沉，寒气袭人，我却伫足山顶不愿离去。我在想，对兰州来说，皋兰山无疑是它的见证。四十六年前，马家军企图凭借天险负隅顽抗，终究不敌，兰州遂告解放。现在，古龙要彻底翻身了，古城要跨进现代化的门槛了，人们干脆在皋兰山顶建起公园，这太有挑战性和想象力了。一条龙紧锁兰州的历史结束了，人们已掐住了龙头，真正的驯化自然的时代开始了。我猛然觉得，此刻我登上的何止是山的峰顶，实乃一种精神境界的峰峦。回头一瞥，心头一惊，更高的马寒山在黑暗中默默注视着兰州呢！

（摘自光明网，2018 年 4 月 3 日，有删减）

兰州黄河桥——一段历史的记忆

彭　强

出生在兰州的我，印象中对桥的概念，还是源于多年前观看的南斯拉夫电影《桥》。

片中，桥对于一名设计者、建筑师来说，犹如面对自己的孩子。它沉默庄严，优雅坚定。当听到要他亲手炸毁自己建的桥时，这名建筑师愤怒着、斩钉截铁地说："不!" 而老虎队长却以他坚定不移的信念、不可违抗的威严，最终使建筑师屈服，他从愤怒到无奈地接受，从抗拒到终于融入这一队游击队员中，成为他们的一分子。最后当负责炸桥的扎尔多瓦不幸牺牲，他终于接过爆破按钮，站在桥的中央，亲自炸毁了自己设计建筑的桥。

这之后，相继看了若干部有关桥的电影，如《卡桑德拉大桥》《魂断蓝桥》《廊桥遗梦》《飞夺泸定桥》等。这些与桥有关的电影，给我留下了极其深刻的回忆，尤其是对桥的印象至今记忆犹新。

随着年龄的增长，亲眼见过的桥、曾经走过的桥，已无法统计。大大小小的桥，石桥木桥铁桥，司空见惯。“桥是什么?”我国著名的桥梁专家茅以升曾说：“桥不过是一条板凳，两条腿架着一块板，板上就可以承担重量。把这条板凳放大，跨过一条小河或是一条山谷，就形成了一座桥。”

兰州是黄河唯一穿城而过的省会城市，有河穿过自然要有桥穿越。在兰州，建桥的历史非常悠久。从木桥到铁桥，由明代到清朝，都有资料显示。而始建于 1907 年，由德国人设计建造的黄河铁桥，是漫长黄河上第一座真正意义上的桥梁，享有“天下黄河第一桥”的美誉。1928 年，“兰州黄河铁桥”改名为“中山桥”，此名一直沿用至今。

在没有桥的日子里，春夏秋季节，人们只能靠羊皮筏子、浮桥和小船横渡。冬天河面结冰，人们也只能在冰上行走了。兰州曾流传着这样的民谣：黄河害，黄河险。凌洪不能渡，枯水难行船。隔河如隔天，渡河如渡鬼门关。

中山桥的建设开通，不仅为两岸兰州人提供了交通便利，更陪伴着兰州人的童年、少年、青年乃至一生。壮观的铁桥，如彩虹飞架黄河之上，远处的白塔巍峨屹立，无论是站在桥头抑或是白塔山之巅，都能感受到这百年铁桥给你的那份温暖的记忆。只是时光流失得太快，如同滔滔的黄河之水，照片中的少女少男，顷刻间就能变成一个步入中年的人，而陈旧的、杂草丛生的土坯砖房院落也已被高如云天的钢筋水泥大厦所取代。站在中山桥上，往南望是摩登的现代生活和现代化的繁华都市，车水马龙日夜川流不息；往北望是一片隐隐约约躲在繁华里的旧梦，是一个能让我们静下来，听到心音的地方，那里就是原生态的白塔山古建筑群，如同一首老歌，让人们沉入悠长的回忆。

在随后的近百年时间里，在黄河兰州段100多公里的地域，纵穿黄河的桥梁先后共建了五大类四十多座。其中包括甘肃至新疆的第一座铁路大桥、甘肃至宁夏内蒙的黄河铁路大桥、甘肃至青海西藏的黄河铁路大桥。这些桥的修建，不仅彰显了中国版图中心——兰州的战略地位，也为祖国的经济建设，增进民族团结友谊，改变西部贫困落后的面貌做出了巨大的贡献。

近些年建成的七里河黄河大桥、银滩黄河大桥、元通黄河大桥、深安黄河大挢、雁白黄河大桥、中立黄河大桥等等，为市民出行提供了极大的方便。生活在这里的人们由此感到舒心和幸福。

如今，行走在黄河铁桥上，抚栏张望，当年的浮桥早已烟消云散，只留下一根锈迹斑斑的铁柱竖立在桥头不远处；百年前的铁桥的影子也捕捉不到了，只留下一段传说中的故事。随着时间的流逝，兰州市区架起了若干座桥梁。而中山桥已不再是沟通黄河南北两岸的唯一通道。无论从规模还是位置，“黄河第一桥”都已经名不副实。但我知道，历史曾从这里走过——金城关前，白塔山下。

（摘自中国作家网）

四载系一生

十年砍柴

十六年前的盛夏，金城兰州槐荫蔽日。兰山脚下的火车站台上，泪眼迷离，充溢着离愁别绪。我透过车窗，望见南面山坡上一棵棵还未成材的树木，那是我们兰州大学的绿化基地。四年里，我们每年都要从红山根爬上去，为树苗松土、除草。

由此再上溯四年，那是一个初秋，天高云淡。我，一个湘中乡村长大的农家子弟，辗转了五十余小时，从兰州火车站出来，一路怯生生地打听，终于步行至盘旋路的兰大校园。

兰大对我一生而言，是不可替代的。这不仅因为我把最美好的四年韶华留在了那里，还因为我的气质、我的品格、我处事阅世的方式、我求学为文的门径，都和兰大这所大学、兰州这座城市有着莫大的关系。

兰大，在教育部直属的综合性大学里，是最落寞、内敛的一所，或许也是最土气的一所。但她扎根黄河之畔、厚土之上，这块土地，是中华民族文明的源头之一。兰大和兰大人，总把目光投向与我们这个民族生存关联度最高的区域，绝非偶然。且不说人文科学，就是兰大具有优势的一些理工科专业，如化工、核物理、冰川学，如沙漠、草原的研究，都是一些需要有大拙才可能有大巧的专业，也是需耐得住寂寞、抗得住诱惑才能有所成就的专业。

说到兰州大学，不能不提到她所在的兰州。我在校时，曾有人说，兰大由于地理环境的限制，老师流失严重，哪怕东迁到西安，在高教版图中的地位也会高得多。持此论者，其实只看到问题的一个方面。一所大学所在的地区固然重要，但绝非决定性因素，否则的话，东部随便一所高校，岂不是很容易超过兰大？兰大在兰州，固然有其短，但也有其不可替代的优势。

陇原，从来就不是中华文明的核心地带，但陇原在中华文明的形成过程中却是不可替代的。北部的蒙古高原、西南的青藏高原、东部的黄土高原，在此处汇合、挤压，留下了通往西北的狭长的河西走廊，这个走廊一直是中华民族的生命走廊。黄河在三大高原挤压的褶皱中，曲折流淌，终于在兰州突破重重关山，蜿蜒北上。从兰州开始，黄河流经的便是中华文明的核心地带。润泽河套，襟带秦晋，奔涌于中原，从齐鲁入海。说兰州是黄河所

20 世纪 70 年代后期的兰州大学

孕育的文明第一站，亦无不可。和中下游相比，此地或许环境过于恶劣，城池稍显窳陋，居民略输文采，但兰州以及陇原文化独特的气质，深深影响着兰州大学。大学，需要大师，需要大楼，但也需要有一种独特的气质。

兰州的气质是悲凉、内敛而静穆的，她处于山河之间，静静地阅过千年的兴亡盛衰。她不张扬，不媚俗，她甘于寂寞，千年来，渗透到骨子里的悲凉修炼成兰州这份宠辱不惊的静穆。

我以为，在中国的名校里面，兰大的气质犹如兰州较之于其他大都市的气质。

1909 年，先辈筚路蓝缕，创立这所学校于萃英门时，当时目之所及，不也是荒凉的黄河滩，以及黄河北岸更为荒凉的白塔山?

清末是一个大变革的时代，内忧外患交迫，无数仁人志士在思索这个民族的前途，办现代实业、现代教育，成为席卷神州的热潮。处于苦寒之地的兰州亦有幸身被惠泽，我的湖湘先贤左宗棠驻节兰州，对此功不可没。左公虽逝，但改革的步伐没有停止。1905 年朝廷下旨废科举，1909 年用来开科取士的甘肃乡试贡院被改造为兰大的前身——甘肃法政学堂。据我所知，今日如四川大学、云南大学、河南大学都是清末在贡院里兴办的。这种旧式贡院变成新式大学之举，正合“周虽旧邦，其命维新”之意。有意思的是，当时各地兴办的学堂，许多都是培育法政人才的。这是中国两千年来人才培养的一种巨大变革。科举取士，所考的是经义礼法；法政学堂，培育的是通现代政治、法律的新人才。这种人才培育模式的转变，是中国必须从一个古老帝制国家转变为一个现代民主国家的缩影。两年后，清室逊位，民国肇始，但旧王朝里所办的学堂却生机勃勃。一所大学比一个王朝的寿命要长，是历史的常态。这就是文明的伟大魅力，帝王将相成尘土，而文明的力量能穿越时空。

在困境中崛起，在孤苦中坚守，这似乎是兰大过去一百年的历史经验。

抗战期间，半壁江山沦陷，兰州和重庆、昆明、成都一样，成为抗战的大后方，一大批著名的高校和学界精英播迁于此。抗战胜利后，全国百废待兴，战火未熄，然兰州文风之盛，犹有余韵。这时候，兰大迎来了一个关键人物——校长辛树帜先生，他是湖南临澧人，算左公的同乡后辈。从他 1946 年任校长开始至 1949 年，短短的三年间，他聘请了董爽秋、程宇启、陈时伟、段子美、乔树民、盛彤笙、水天同、顾颉刚、沐元中、左宗杞、杨浪明、王德基、张德粹、张怀朴、闻人乾、张舜徽、史念海、杨英福、唐家琛、李德麟等一大批知名专家教授来兰大讲课，使兰大从偏处一隅的地方性高校一跃成为全国知名的国立大学。

兰大在其发展的重要时刻，之所以能借“势”，关键是有一位目光远大、品行高洁而办事踏实的校长。上世纪 50 年代全国高校院系调整，原有的高等教育格局被打破，尽管兰大也受到一定的影响，如医学院被拆分，但江隆基先生从北大流放至此，执掌兰州大学，又使兰大在那个特殊的历史时期容纳了一大批知名学者，使其学术地位再上一层楼。一大批先生和江隆基一样，因被政治运动波及而从其他名校“放逐”到此地，陇原成为他们在人生最灰暗时期的栖身之地，真可谓“人生不幸兰大幸”。

刚烈的江先生在“文革”初期自戕，兰大亦成为“文化大革命”的重灾区。“文革”结束，邓公复出，科教改革成为改革开放的先声，兰大又迎来了一个兴盛期。其根本原因并非财力上得到极大的支持，而是兰大一大批被折腾、被耽误十年的专家学者，如枯木逢春，积蓄的学术激情在短时间内喷发，形成蔚为壮观的胜景。

我想彼时支撑兰大师生施教求学的，是一种不服输的精神。在硬件不如人的条件下做出成就，更足以傲视他人。我毕业离校时，兰大学生的美誉度甚高，教育界有“兰大学生基本功扎实”之说。十六年过去了，检点自己以及熟悉校友的人生路，我对“基本功扎实”有了更深的认识。我以为，这种“基本功”，其一是接受新生事物的能力，即学习的能力。就这点而言，兰大的学生不比别人差。我们刚毕业时，外语、计算机等“时髦”知识不如北京、上海等地的高校毕业生，但在工作中这种缺陷能够较快得到弥补。其二是对现实问题的关注度和认识水平。我们的同学中，大言炎炎者少，可看现实问题，能透过各种概念、名词缠绕的外表，直指其核心部位。其三是适应国情的能力，即吃得了苦，受得起委屈。

近十年来，中国高等教育的规模扩张迅速，表现为招生数量成倍增长，高等教育经费也成倍增长。由于兰大所处的地理位置，她能得到的经费无法和兄弟院校相比，更由于改革的深入、人才流动的加快，教学科研人才远走高飞亦成为常态。有人说，兰大衰落了，你看看排名就知道。我以为这是皮相之论。每年各种高校排名无非是种游戏，不必太在意。大学之间的比较，也不在于短时间内建了什么大楼，高薪聘请了哪位知名学者。所谓“试玉要烧三日满，辨材须待七年期”，衡量一所大学的成就，关键还是看其培养的人才。只要兰大的精神气质尚在，自然会形成一种不断弥补缺陷、不断培育新人的机制和文化。就如从萃英门到盘旋路，再到夏官营，兰大的每一个阶段，都能在荒凉中开垦出一片绿洲，给世人一种惊喜。兰大在中国高等教育的版图中不可替代的地位，亦将长期保持。

今日萃英山上，树苗尚未成林，但再过几十年后，我相信一定树木葱茏，萃英山将名副其实。只是，西北黄土坡上一棵树木的生长，其艰难的程度，远甚于植柳即活的江南。但越是在艰苦的地方成长的树木，其木质越坚硬细密，其生命力也更顽强，如大漠胡杨。自然界如此，人类社会也如此。有幸在兰大度过四载年华的我，以此自诩。

我也相信，这四年所浸染的兰大气质，将深深地影响我这一生。

（摘自《读者》2009 年第 19 期）

百年青城

陈　淮

黄河从兰州市区流过，往北经过盐锅峡、桑园峡、什川等黄土高原上的山川后，便是一片宽阔的河谷。这一段大约 5 公里长的河谷大致呈东西走向，在河的南岸有一片村镇，背山面河，那里就是被称为“陇上平遥”的青城，一座在历史的尘埃中渐渐沉寂的百年小城。

可是，也正是因为近几十年间黄河水道的废弃，才使这个村镇里几乎被人们遗忘的明清时期的古建筑、四合院还完好地保存着。福兮祸兮，有时只是一线之隔。

青城一带的历史可追溯到汉代，至今在这里还能寻觅到汉代屯垦戍边的遗迹。史料记载，唐代这里就修筑了龙沟堡。宋代，青城一带的黄河成为宋与西夏的边界。当地人传说在宋仁宗时，名将狄青任秦州刺史、泾原路副都总管，他在巡查时认为龙沟堡一带地势险要，于是就在紧挨着唐代旧堡的东边又修筑了新堡。新旧二堡呈“一”字形，东西绵延三公里，因此这座城又有了“条城”的称谓。又因是狄青下令修筑的，便又被叫作“青城”。

作为从兰州到包头水路的必经码头，青城一度客商云集，因黄河漂筏而形成的水路码头也非常热闹，有许多以划羊皮筏子为生的人。兰州划羊皮筏子的多是住在金城关一带的回族，俗称“金城帮”。青城又叫“条城”，所以青城划羊皮筏子的被称为“条城帮”。说起“条城帮”，青城人至今仍津津乐道——“条城帮”居然能在“金城帮”的家门口兰州争得一席之地，在兰州黄河岸边拥有自己的码头，真是威风。那场面，就像是年代久远的老电影，虽然记忆的划痕为画面留下了道道印记，但是让人越回想越觉得有味道。

坐车沿白（银）兰（州）高速公路经白银再向南折，过了黄河就到了青城镇上。看看表，也就用了不到两个小时。可是昔日顺黄河漂羊皮筏子从兰州到青城的水路，却要走一天的时间。站在青城的黄河吊桥上，望着夕阳下粼波闪闪的河面，想象那从前的商人、筏客顺河而下的惊险与闲适，竟有些怅然。

青城的繁盛是在明清时期，当时，它由单一的军事城堡转变成了繁华的集镇，就是因为那畅销全国的青城水烟。

青城水烟自清末以后享有盛誉，形成了“甘”字、“条”字、“蓉”字等几大品牌，尤其在东南沿海一带广受青睐。在西部农村，我见到的烟具几乎都是用一根比筷子稍粗一点的骨头做的，像个抽纸烟的烟嘴，没有水烟嘴的结构复杂，据说那根骨头取自鹰的翅膀。它不似烟斗有着较大的填放烟丝的烟锅，骨制的水烟嘴每次只能容得下绿豆大小的一丸水烟。抽烟时，需先点着油灯，再用西北到处都生长着的芨芨草棍从油灯上引火。抽烟者衔着烟嘴在深吸一口气的同时，将那一小丸水烟点燃。只此一口，就要很快将燃过的残烟灰“噗”地吹出，再捻一丸水烟填入……

如今，在乡下也很难见到有人抽这种水烟了。不过，在青城偶尔还能见得到。

制作水烟，在烟丝中要掺入姜黄粉、上好的胡麻油、冰片等数种名贵香料，而且要经过发酵、沉淀等许多工序，这与工业化的纸烟生产过程是截然不同的。有着几百年制作历史与人文背景的水烟业，有一个类似的参照物，那就是雪茄。但两者命运迥异，令人深思。

夜晚，我在弯弯曲曲的青城街上边走边问，总算找到了青城镇文化馆馆长王天恩先生的家。与王先生说着话，王妻已端来一盘煮熟的冬果梨请我先解渴，然后开始动手和面做饭。

青城一带普遍种植的梨树品种叫“冬果梨”，这是一种深秋才成熟的梨，汁多、含糖度高，甜中带酸，很合西北人的口味，虽然美中不足的是果肉稍粗，但仍深受人们的青睐。

由于兰州地处高原，气候寒冷，冬果梨就有了一种独特的吃法：将梨煮了吃，这叫“热冬果”。历史上，有心的小贩在煮梨时加入冰糖，甚至八角、花椒等调料。“热冬果”不仅风味独特，还具有止咳清肺之功效，成为地方的一道名小吃。

吃着如今难得吃到的“热冬果”，我与王先生闲聊着。原来，在王先生心里一直放不下的就是青城的地方曲艺“西厢调”，又叫“青城小调”。据说，清朝光绪年间，正是青城各种移民文化的交融时期，青城一位爱好曲艺的人士张晓霞先生，将青城民间的秦腔、眉户、道情，甚至江南采茶调等各种地方戏曲混杂演唱的《西厢记》做了收集、整理，形成了独特的“青城小调”。

从现在流传下来的资料看，张晓霞整理后的“西厢调”五花八门，有“越调”、“洛江岸”、“风筝调”、“三朵花”、“渐渐高”、“甘凉调”等等。

王先生告诉我，青城除了“西厢调”，最让他迷恋的就是那些老房子了。他说，来到青城不听“西厢调”，不看老房子，就等于白来了。由于青城原来的军事地位，使得青城的一些街巷及建筑的名称直到现在还保留着那时的痕迹，如校场路、箭道巷等。如今尚保留下大殿的城隍庙，在宋、明时分别为议事厅、守备府。据地方志记载，清雍正二年才被改建成城隍庙。

在横贯青城东西的街道北边，我走进一个颇具规模的院落。这座旧宅院是典型的北方四合院格局，院门在院子的东南角，堂屋朝南，有着高高的台阶。院子呈长方形，南北方向长于东西方向。西北角是两间利用空地盖的较主体建筑低矮的屋子——这里是主人家的伙房。不住人的老房子年久失修，显得很破败，有些房屋的墙壁已有要倒塌的迹象。不过即使是这样，仍能让人想象到它往昔的风光。

历史上，青城人的家族意识很浓厚，至今还有一些家庙、祠堂一类祭祖的建筑遗存，其中以高氏祠堂最具代表性。它坐落在青城主街道的旁边，是一组木结构的传统工艺建筑，修建于清乾隆五十年（1785 年）。据高氏族谱记载，高氏祖籍山东渤海，是明初随肃王来到甘肃的。高氏祠堂坐南面北，呈四合院格局，但不同于民宅的是院门及院子——整个四合院的北边，全由高大而居中的大门及门厅组成，类似庙宇或官衙的大门，院子则被一间大厅占据得所剩无几。大厅与坐落在南边的正堂间的距离要宽一些，这里是整个建筑采光最好的地方，正堂就是供奉和祭祀祖先的了。

对着大门的大厅前正中挂着一块醒目的牌匾，牌匾底色为原木色，中间镌刻着“进士”两个黑色大字，题头与落款的小字为阴刻，有红、褐两种颜色。题头为“署理甘肃兰州府正堂加三级记录五次主为”，落款为“咸丰岁次癸丑会试中式第一百六十三名进士高鸿儒立”。旧时能考中进士是很大的荣耀，若能在考中的同时就出任做官，那就更是锦上添花、名利双收了。青城的刘家祖上，就拥有这种荣耀。

刘家的老宅院里，如今只住着 80 多岁的刘乃惠老人与老伴曾兰英。我到刘家时，刘家老两口刚买回几张白纸，正在上房中间的方桌上裁纸，准备印一些给祖先的烧纸——“亡人钱”。按照青城的习俗，上房（西房）是用来供奉祖先的。老两口对我的到来很高兴，特意到几间堆放杂物的屋子里，将一副刻在木板上的对联和那面记载着祖辈功名的匾额翻找出来叫我看。

那面匾额的表面已很破旧，原来黑色底子上的颜料已斑驳脱落，阴刻的“材高制锦”四个红色大字也已暗淡，只有落款的“道光岁次乙未会科大挑一等即用县正堂刘世保立”之字，清楚地记录了刘家的先祖刘世保考中的同时“即用”为县官的事迹。到刘乃惠结婚时的 20 世纪 30 年代，刘家的家道已败落到“吃了早上没晚上”的地步，这真应了“富贵不过三代”那句话。是啊，青城这些保存下来的老宅院，都历经了好几代时光。随着老人的去世，年轻人嫌房屋老旧和狭小而搬出，老房子大都空了下来。对于老宅的主人来说，那是一段酸涩的回忆；可是对于游人来说，那都是一个个传奇的故事。

（摘自《读者》2006 年第 1 期）

文溯阁《四库全书》迁徙兰州记

舒　云

《四库全书》是中国古代最大的官修丛书，总汇了先秦至清代中期的传世经典文献，堪称“千古巨制”，被国际学术界誉为“中国文化的万里长城”，至今存世三部半，珍藏在北京、兰州、台湾、杭州。其中文溯阁《四库全书》存放在甘肃榆中县甘草店时，笔者正在20公里外的夏官营，与近在咫尺的稀世国宝相伴10年，却毫不知情，可见其“密”不透风。

乾隆出任“总编辑”

1772 年 11 月 25 日，安徽学政朱筠借乾隆下诏求书之机上奏章，建议寻访《永乐大典》佚书。乾隆遂诏令天下，将书籍按“经史子集”重新删定，任命大学士纪昀为总纂官，并亲自担任“总编辑”。次年 2 月 21 日乾隆下令建立四库全书馆，“将来办理成编时，著名《四库全书》”。却不料大半年过去，民间献书寥寥无几。原来乾隆诏书太过笼统，加上时有“文字狱”，藏书者怕招来杀身之祸。乾隆又多次下旨，强调即使献书有“忌讳”或“妄诞”，也不得加罪，且抄录后发还原书，并许愿凡献书 500 到 700 种者，朝廷赏《古今图书集成》一部；凡献书百种以上者，赏《佩文韵府》一部。还可挑选精品书籍，由乾隆亲签扉页。如有不应留存之书，即速交出，否则问罪。如此重奖严罚，终于调动了各地献书的积极性，朝廷征集到大批书籍，还顺便销毁了 15 万册不利于清朝的书籍。

1773 年 5 月 1 日，翰林院开设《四库全书》编纂馆。各地献书汇集于此，先由四库馆臣分头审阅，写出内容提要，分出著录与存目。然后由分校官校对，写出初审意见，贴于卷内，再由纂修官朱笔修改，最后经总纂官三审定稿，装潢进呈，进入抄写底本的阶段。书口鱼尾上写“钦定四库全书”，下写书名及页码，每书前冠以该书提要，次写该书内容。经史子集的封面分别用绿红蓝灰代表四季，以便翻阅。

《四库全书》编纂工程耗时15年，共收书3503种、7.9万卷，229万多页，总字数近10亿。它是中华传统文化最丰富、最完备的集成之作，举世罕见的无价之宝，几乎所有学科都能从中找到源头。

三套半毁于战火

早在《四库全书》编纂之初，为妥善安放，乾隆下令仿照浙江宁波天一阁建造四座藏书楼，“皆冠以文，而若渊、若源、若津、若溯，皆从水以立意”。承德避暑山庄的文津阁、圆明园的文源阁、紫禁城内的文渊阁、清朝肇兴之地盛京（沈阳）故宫的文溯阁相继竣工。清廷专门在沈阳设立文溯阁衙门，乾隆题写的“文溯阁”匾额高悬阁上。四部《四库全书》抄录完成后，分别入藏“北四阁”。乾隆当初只想抄写四部，供皇室阅览，因江南文人要求，乾隆复命再抄三部，由镇江金山寺的文宗阁、扬州天宁寺的文汇阁和杭州圣因寺的文澜阁珍藏，俗称“南三阁”，便于江南文人就近阅览。

七部《四库全书》存世200余年，几经战乱，损毁过半。1853年镇江被太平军占领，藏于金山寺的文宗阁《四库全书》被烧毁。1854年扬州被太平军攻克，藏于天宁寺行宫的文汇阁《四库全书》也被烧毁。1860年英法联军攻占北京火烧圆明园，文源阁《四库全书》化为灰烬，只留下刻有《文源阁记》的石碑。至此，《四库全书》三套被毁。

杭州文澜阁是由圣因寺旁的藏经阁改建的。《四库全书》入藏后，先后十余次搬迁。1861 年太平军第二次攻占杭州，文澜阁藏书楼倒塌，文澜阁《四库全书》被搬到上海避难，大量册页散落民间。1863 年它回到杭州，藏于尊经阁。1880 年重建文澜阁，藏书家丁申、丁丙兄弟将重金收购的 8140 册藏入，并陆续抄补。民国后文澜阁《四库全书》归浙江省图书馆，两次组织人力补抄，恢复了大部分内容。1937 年抗日战争爆发，文澜阁《四库全书》被转运，流离浙江各地。到 1938 年 3 月，时任国立浙江大学校长竺可桢和时任浙江图书馆馆长陈训慈组织西迁。7 月底，140 箱文澜阁《四库全书》连同 228 箱浙江图书馆和宁波天一阁的善本图书，历经艰辛辗转 5 省，运抵贵阳，1944 年又被转运到重庆。抗战胜利后物归原主，文澜阁《四库全书》经过一年的颠沛流离，1947 年终于回到杭州红楼，1954 年入藏青白山居浙江省图书馆古籍部，其后两出两进，1988 年第三次入藏青白山居后，这半套《四库全书》才总算安定下来。

两套完璧分属两岸

藏于北京紫禁城的文渊阁《四库全书》是抄写的第一部正本，为乾隆所珍爱。1933 年春，日军占领热河，北平告急，国民政府将文渊阁《四库全书》连同所藏历代文物装箱南迁上海，又辗转数千里运到四川，抗战胜利后1947年运到南京。1948年底，国民政府又从南迁文物中挑出近3000箱经上海运往台湾，首选的文化典籍就是文渊阁《四库全书》，目前存放在台北市故宫博物院。

文津阁《四库全书》是北四阁中的最后一部，成书于第一部文渊阁《四库全书》3年后，由此补正了讹误、遗漏。据档案记载，文津阁《四库全书》曾由乾隆亲校，并由纪昀三校，其编校质量堪称最佳。

1912年，时任教育部社会教育司第一科科长的鲁迅指示，把存在承德的文津阁《四库全书》运回北京。1914年1月6日，文津阁《四库全书》被一群骆驼驮进北京，入藏故宫文华殿古物陈列所，1915年移交新成立的京师图书馆（中国国家图书馆前身）。1931年7月，国立北平图书馆新馆在北海西岸元代道观“兴圣宫”开馆，因珍藏文津阁《四库全书》，门前的西安门大街东段更名“文津街”。1987年10月6日，位于白石桥的北京图书馆（即中国国家图书馆）新馆落成，入藏文津阁《四库全书》的大厅被命名为“文津厅”。文津阁《四库全书》共36304册，分装6144个书函，陈列在乾隆年间的128个书架上，原架原函原书，甚至书函中央板、丝带、铜环都保存完好。由此成为中国国家图书馆的镇馆四宝之一，与敦煌遗书、《赵城金藏》和《永乐大典》并称善本四大专藏。在存世的三套半《四库全书》中，唯独文津阁本没有经历多次苦旅，自搬迁北京后再无外出，所以相对保存完整。

文溯阁《四库全书》三进沈阳

在三套完整的《四库全书》中，命运最多舛的要数现藏甘肃省图书馆的文溯阁本。

1900 年八国联军攻入北京的同时，俄军的另 20 余万兵力，分南北两路攻占东北。1903 年俄军将奉天（沈阳）文溯阁院落作为马厩和炮兵营房，文溯阁《四库全书》被窃走 39 卷。1914 年，袁世凯梦想称帝，筹办 1916 年元旦的登基大典，调奉天皇宫的文物进京。文溯阁《四库全书》来到北京，存放在故宫保和殿。不久后，袁世凯被迫宣布退位又暴病而亡，文溯阁《四库全书》长时间无人问津。

1922 年，主持北京大学研究所国学门的沈兼士教授带领学生进故宫整理清代档案，获知皇室以经济困难为由，拟将文溯阁《四库全书》卖给日本，谈好的价格是 120 万。沈兼士立即致函民国教育部，竭力反对。在舆论的压力下，文溯阁《四库全书》才没有背井离乡。

1925 年 6 月，奉天省教育会会长冯广民到北京参加“清室善后会议”，与时任弘达学院国文教师的董袖石携手请愿，要求索回文溯阁《四库全书》。张学良在董袖石游说下亲自出面，并禀报了张作霖。经过张学良和东北学人的共同努力，1925 年 7 月 20 日，段祺瑞执政府内阁会议决定归还文溯阁《四库全书》。两天后，代农商部长莫德惠给奉天省省长王永江发去电报，表示文溯阁《四库全书》均有残缺，故由内务部、教育部清理核对，以便抄补。董袖石等怕节外生枝，决定与有关方面协调，立即办理交接手续。7月30日，在故宫保和殿开始交接。董袖石率领弘达学院的30多位东北籍师生，按经史子集分成四组进行清点、造册、装箱。一连忙了好几天，终于将文溯阁《四库全书》装进810个大木箱中。8月3日完成交接，8月8日运到了奉天火车站。此时文溯阁还是东北军兵营，残损不堪，所以文溯阁《四库全书》暂存于奉天大东门内文庙的教育会办公地。

1926年文溯阁整修，1927年初《四库全书》入藏，书阁合一。张学良委派董袖石领衔学者，雇佣20余位抄手，对文溯阁《四库全书》勘查缺损，历时两年，抄补完整。1931年6月，奉天省教育会在文溯阁东面宫墙上刻《四库全书运复记碑》。谁曾想仅仅两个月后，“九一八”事变爆发，整个东北包括文溯阁《四库全书》都落入日军手中。1932年9月1日，伪奉天省长臧式毅将文溯阁《四库全书》划归国立奉天图书馆。1935年日军清点《四库全书》，在文溯阁前西南处修建了一座钢筋水泥结构的二层书库，铁门独院，防火墙，三层窗户，内置钢制组合书架。1937年日军借口文溯阁多年失修，将《四库全书》移进书库。1945年8月日本投降，《四库全书》重回中国人手中。

1948年初，辽沈战役打响，“东北行辕政务委员会”欲将文溯阁《四库全书》运往北平，激起民愤，只好暂缓。7月中旬，

《四库全书》入藏沈阳故宫地下书库。1949 年 6 月，东北图书馆接收沈阳故宫博物院图书馆。1950 年东北人民政府文化部文物处设在沈阳故宫西院，组织人力逐页整理文溯阁《四库全书》，花费半年多的时间，查找错漏。

1950 年 6 月朝鲜战争爆发，为保护国家珍贵文物，10 月间文溯阁《四库全书》被转移到黑龙江省讷河县城外改成小学的关帝庙里。1952 年夏天讷河发水，《四库全书》又迁徙北安。1954 年 1 月，《四库全书》第三次复运沈阳，存放在沈阳故宫文溯阁院的新库房里。

军队押运迁徙兰州

1964 年 1 月，沈阳故宫博物院提出“将文溯阁《四库全书》归还故宫”的申请报告，没有下文。其后形势逆转，1965 年辽宁省图书馆以战备为由，请示将文溯阁《四库全书》调离辽宁。1966 年 3 月 7 日，国家文化部办公厅作出“基于备战需要，将辽宁省图书馆收藏的文溯阁《四库全书》一部拨交甘肃省图书馆收藏”的决定，并指示两省直接办理交接。

5 月 12 日，甘肃省图书馆向甘肃省文化局报送《关于文溯阁〈四库全书〉的接收和保管工作计划》，并拟定 6 人前去接收。没想到几天后“文革”开始，图书馆领导被撤换，直到 9 月初，才由甘肃省图书馆“文革”领导小组重新指派 5 人接收。正值红卫兵大串联，列车上拥挤不堪。接收人员兵分两路，终于在 9 月 10 日会合沈阳。

9 月 13 日，在沈阳故宫日伪时期建造的二层书库开始点交，为防止意外严格保密。在甘肃来人前的一个月，辽宁省图书馆已经逐函、逐册、逐页清理了书籍，修补破损，并详细记录了水迹、斑点、破损等处。甘肃省图书馆接收人员到场后，又逐函、逐种、逐册翻查了书页，可见当时工作之精细。两个星期后，才完成了点交和装箱工作，共装了两种规格的 963 个木箱。9 月 29 日，交接双方签订了交接书。

经周恩来批示，时任中央军委副主席的林彪特别下令，由军队押运文溯阁《四库全书》秘密西迁兰州。1966 年 10 月 7 日，沈阳铁路局安排三个专列车皮，辽宁省图书馆 2 人与甘肃省图书馆 5 人共同押运，途经 5 省市，近 3000 公里。专列多停靠在远离城市的货站或小站，甚至连吃喝都很困难。10 月 13 日，终于安全抵达兰州土门墩货场。10 月 14 日，兰州军区派出 27 辆军用卡车，直接开上站台装卸，将文溯阁《四库全书》安全运到永登县连城鲁土司衙门的妙因寺庙。

再搬甘草店

妙因寺庙建于明初，是甘肃省图书馆的战备书库，文溯阁《四库全书》被妥善存放在大经堂内。甘肃省图书馆馆长传达周恩来的指示:“一座城市毁了，可以重建，但是《四库全书》毁了，就再也建不起来了。”为保护国宝，加高了围墙，并用钢条、铁网封堵窗户。《四库全书》装在密封木箱里，每箱 6 函书，一个底座上依次摞着 5 个书箱，书箱外刷着防火漆和石灰，书箱下面垫了十几厘米的木料。每天开窗通风，检查室内温度、湿度，以确保安全。

但是鲁土司衙门毕竟是临时战备书库，大经堂及周围建筑均为木质结构，万一失火，后果不堪设想。而库房又挨着大通河，相对潮湿。加上距离兰州 170 多公里，交通不便。甘肃省文化局决定再建新库，本着国务院指示的“靠山隐蔽，少占土地”原则开始选址。据时任甘肃省图书馆革委会副主任的刘德田回忆，选址既要考虑战争因素，较为隐蔽，还要交通便利。同时也要考虑周围环境，远离城市空气污染，但又不能离兰州太远，还特别强调了政治环境。经过两年多实地勘察和反复论证，最后选定距兰州 70 公里的榆中县甘草店项家堡村。

1970 年初，甘肃省财政拨专款 17.5 万元修建专库。项家堡村仅二十几户人家，有一座海拔 1800 多米的古洼山，还有一条基本干枯的木林沟，虽然偏僻，但紧临铁路和国道，是丝绸之路甘肃中部的必经之地。气候适中，平均湿度不超过 60%，有利于古籍的保存。

1970 年底，战备书库在古洼山半山腰建成，内外两个院子，里院两道铁门铁窗，还围着一道铁丝网。库房分地上、地下两层，平时文溯阁《四库全书》存放在地上，战时可用升降机迅速转移地下。既有排洪沟，又有蓄水池，还修筑了一座几十米深的防空洞。

1971 年 6 月，文溯阁《四库全书》在鲁土司衙门存放了 4 年零 8 个月后，再次装上 27 辆军用卡车，由军队秘密押运至榆中县甘草店战备书库。工作人员把房前屋后的荒坡整修成梯田，栽上了果树、蔬菜和花草，一派田园风光。据甘草店木林沟的村民回忆，书库大门紧闭，专人执勤，戒备森严，还养着狼狗，村民都不知道这个神秘大院是干什么用的。

文溯阁《四库全书》在项家堡村存放了 34 年。起初工作人员的劳动强度很大，每天重复同样的工作，开箱验书，夏天则要开窗通风。库房窗户位置很高，铁制门窗又很沉重，开关吃力。窗户没有防护栏，开窗后工作人员不能离开闷热的库房。慢慢地防护设施逐步改善，增加了避雷器、自动报警器、防晒层、窗户护栏等，但最关键的自然通风问题仍然无法解决。随着时间流逝，经费越来越紧张，书库工作人员越来越老。院外环境也发生了很大变化，安静的小山村也不再安静了。20 世纪 70 年代后期，书库附近建了一个小水泥厂，烧柴油的汽车、拖拉机川流不息，不仅造成严重污染，还挤占和破坏了书库的道路。随着小水泥厂的规模日益扩大，人员越来越复杂，书库没有警卫力量，不可能应付突发事件。1999 年，甘肃省领导决心再筹巨资，为文溯阁《四库全书》建一座现代化的藏书馆。

沈阳、兰州之争

自 1966 年 10 月送走文溯阁《四库全书》后，沈阳故宫灰墙绿瓦的文溯阁只留下《文溯阁记》碑。沿文溯阁仅容一人的楼梯走上楼，六楹楠木雕花门，原装红木和紫檀木书架一尘不染，却空空如也。从 20 世纪 80 年代开始，辽宁省各界以“书阁合璧”为由，向甘肃省表达“物归原主”的心愿。1997 年，辽宁省图书馆为此专门修建了现代化库房。2001 年，沈阳故宫博物院专门修建的地下书库竣工。

甘肃方面也不甘示弱。文溯阁《四库全书》迁徙兰州多年，早已成为甘肃省的镇省之宝。甘肃方面明确回应，从保护文物角度出发，还是留在甘肃为好。2005 年 6 月，位于兰州黄河岸畔北山九州台的藏书馆竣工，藏入《四库全书》。

两地为国宝争持不下，引起国家有关部门的重视，曾专门召开会议协调，但未能达成一致。《四库全书》迁徙、流失、存藏的历史，尤其是文溯阁本的多舛命运，也是中华民族坎坷经历的写照。

（摘自《文物》2017 年第 7 期）

绝无仅有的中国“女儿节”

刘小雷

与七夕有关的“乞巧”习俗在全国许多地方已弱化或消失，但令我们惊喜的是，在甘肃省陇南市的西和县，它仍原汁原味地被保留下来，并且形成了一年一度的中国（陇南）乞巧女儿节。

织女善织“云锦天衣”

离七夕佳节（8 月 18 日）渐近，从人教版的小学教材中看到了一篇精读课文《乞巧》，它选用了唐代诗人林杰描写民间七夕乞巧盛况的古诗，也是一首想象丰富，流传很广的古诗：

七夕今宵看碧霄，牵牛织女渡河桥。

家家乞巧望秋月，穿尽红丝几万条。

农历七月初七夜晚，俗称“七夕”，又称“女儿节”“少女节”。是传说中隔着“天河”的牛郎和织女在鹊桥上相会的日子。

过去，七夕的民间活动主要是乞巧，所谓乞巧，就是向织女乞求一双巧手的意思。 有人说，乞巧与牛郎织女的神话传说有关。在晴朗的夏夜，天上繁星闪耀，一道白茫茫的银河像一座天桥横贯南北，天河的东西两岸，各有一颗闪亮的星星隔河相望，遥遥相对，那便是牵牛星和织女星。每年农历七月初七，才是他们相会的日子，寂静的夜晚，无数喜鹊飞上银河，为牛郎和织女搭起天桥。如果这天的深夜站在葡萄树下，仔细去听，还能听见牛郎与织女的对话。

乞巧最普遍的方式是对月穿针，如果线从针孔穿过，就叫得巧。这一习俗唐宋最盛。诗人林杰的《乞巧》这首诗浅显易懂，表达了少女们乞取智巧，追求幸福的美好心愿。

尽管牛郎织女的故事依然脍炙人口、妇孺皆知，七夕之夜，人们依然会仰望星空，寻找“盈盈一水间，脉脉不得语”的牵牛织女星，但很多地方其实早已不过七夕节了。与七夕有关的“乞巧”的活动在全国许多地方已弱化或消失，但令我们惊喜欣慰的是在甘肃省陇南市的西和县，这些习俗仍然原汁原味地被保留下来，并且形成了一年一度的中国（陇南）乞巧女儿节，传承之久远、唱词之淳朴、歌舞之精彩、情感之真挚、仪式之完整、人数之众多，在国内独一无二，绝无仅有，是中国古代乞巧民俗的“活化石”，是名副其实的“中国女儿节”，是全国范围内保存最完整、历史最悠久的七夕节日民俗活动之一。

节会的核心区域之一就在距西和县城 5 公里的姜席镇。这里青山叠翠，绿树环绕，晚霞湖像一枚翡翠，静静地躺在群山的怀抱里。

相传，天上织女“年年机杼”，善织“云锦天衣”，因此，人们尊称织女为“巧娘娘”。

特殊的日子比过年还热闹

对于巧娘娘的喜爱，实际上是中国古典文化中对于“女红”的尊崇。

女红是指女性纺织、刺绣、缝纫的技艺，又称“女工”或“女功”。《后汉书》记载汉代四川“沃野千里”，“女工之业，覆衣天下”。《汉书·景帝纪》“雕文刻镂，伤农事者也；锦绣纂组，害女红者也。农事伤，则饥之本也。女红害，则寒之原也。”朴素地说明农事与女红是最重要的民生，对整个社会的稳定与发展举足轻重。

谁是第一个拿起针线的女性已无从考证，在古老的传说里是黄帝的妻子嫘祖发明了养蚕缫丝织帛，并悉心向部落里的女性们传授技艺，由此也就开始了中国女红的历史。

在西汉水流域的西和、礼县，七夕似乎与鹊桥相会的神话关联不大，这里的七月七，是民间神圣的七巧女儿节，是当地少女一年一度的盛装聚会。

青春正盛的她们，谁不愿意成为一个心灵手巧的姑娘呢?

在田间阡陌，在湖岸河边，每年从农历六月三十晚上开始，年轻的姑娘们就怀着对巧娘娘虔诚的心情，翘首期盼，迎请织女来到人间，祈求巧娘娘赐以聪慧、灵巧，当地人称其为“乞巧”。祭祀活动一直持续到七月初七晚上，分为坐巧、迎巧、祭巧、拜巧、娱巧、卜巧、送巧七个节段，姑娘们为自己幸福美好的生活沸腾着。一位泥胎的巧娘娘身着霞帔坐在中堂，大家叩首膜拜。姑娘们用歌声抒发的，是西汉水养育的女儿们对传说中巧娘娘的祝愿，也是对自己花样年纪的祈福。待嫁闺中的姑娘描着青黛，穿上彩衣，花枝招展地游走着，粉面桃花的脸上洋溢着青春的微笑。她们用自己的巧手扎起花束，炸上油香，端上供果，站在巧娘娘的神龛前，虔诚地齐唱《迎巧歌》：“每年有个七月七，天上牛郎配织女。巧娘娘莲花台，南天门你开开，把我巧娘娘送出来。一片天两片天，我把巧娘娘接下凡。巧娘娘穿的缎子鞋，我打高山接你来，巧娘娘穿的偏带鞋，我打河边接你来……”美妙的歌声传遍仇池大地，在盛夏的河谷升腾，传递着姑娘们的喜悦，唱出她们内心的期待，期望自己有一手好女工，做一手好茶饭，嫁一位好郎君……

乞巧文化，是起源并流传于西汉水流域的秦人遗风，是一种集信仰崇拜、诗词歌赋、音乐舞蹈、工艺美术、劳动技能为一体的综合性节日民俗文化活动。为了更加规范地传承保护乞巧民俗文化，每年暑假期间，姜席初中都要组织学校乞巧研习所的乞巧队员参加一年一度的乞巧节。学校还开设了校本课程《校园乞巧情》，组织学生成立乞巧兴趣小组，并编制校本教材《千年乞巧情，神秘女儿梦》。

乞巧，这一古老的民俗文化，穿越浩瀚的历史长河，至今已有 2000 多年的历史，西汉水沿岸的许多村庄，一直传承着这样隆重而盛大的仪轨，每年从七月初一前夜到七月初七深夜结束。过去，也许是因为生活的窘迫与无奈，未出嫁的姑娘通过对巧娘娘的膜拜，乞取智慧、乞取娇容、乞取生活的技能，从而希望自己的生活幸福，但到了经济和文化高速发展的今天，七天八夜的乞巧活动，是传承千年的古老民俗，也是生活在这块土地上辛劳一年的女性们的狂欢节，这个特殊的日子甚至比过年都热闹。

最可亲的笑容温暖地注视尘世

每年一到陇南乞巧女儿节的盛会，晚霞湖环湖路上立刻陷入了嘉年华的节奏，人们如潮水般从四面八方涌来，新建的悦湖广场上人山人海。为了一场传承千年的欢聚，为了自己心中蛰伏一年的等待，人们不辞辛劳，步行来到晚霞湖，聚拢在湖边巧娘娘的塑像周围。

夜色渐渐漫过晚霞湖的芦苇，漫过无边的荷塘，漫过如潮的人流。汉白玉砌成的走廊上，姑娘们面对纸糊的巧娘娘齐刷刷跪成两排，带头的姑娘焚香点蜡，燃纸放炮，大家双手合十，对巧娘娘深深叩拜，齐声唱出迎巧歌："六月三十天门开，我请巧娘娘下凡来，巧娘娘，下凡来，给我教针教线来……"

悠长的歌声划过夜空，在空旷的天际回荡，时间似乎凝滞了，恍惚间，南天门徐徐打开了，一朵祥云缓缓出现在天空，乞巧姑娘们接上从天宫里走来的巧娘娘，一路唱着："一炷香，两炷香，我把巧娘娘接进庄；巧娘娘，想你着，我把巧娘娘请下凡……"

细听乞巧仪式唱词的内容，内容也极为丰富，要么表达对巧娘娘（织女）的思念和崇敬之情，要么赞颂美丽真挚的爱情，要么吟唱西和优美的风光，或者讽诵世态人情，内容多样，内涵丰富。乞巧仪式曲调也很丰富。乞巧歌曲的曲调有三种，即祈神祭祀类歌词、生活劳动类歌词和历史时政类歌词，但歌词内容丰富，数量很多，舞蹈有迎巧词、泼又泼调；跳麻姐姐、乞巧歌舞、"打十"舞等。道具有巧娘娘像、五谷供果、巧芽、手袢、头饰、云肩、拂尘、乐器等乞巧器具，以及剪纸、刺绣、泥塑等工艺制品。

听到姑娘们的歌声由远而近，接巧的人们自觉让开一条通道。早在上房等待的女主人，双手接过姑娘们请来的巧娘娘，恭恭敬敬安放在桌上留出的空位置上，引导乞巧姑娘点三炷香，烧三刀黄表纸，磕三个头。姑娘们从门里一直到院子齐齐跪下叩拜，歌声又一次唱起：“七月初一天门开，我请巧娘娘下凡来。巧娘娘请到神桌上，天天给我教文章；巧娘娘请上莲花台，天天教我绣花鞋……”

中堂上供奉着的巧娘娘，在那香烟升腾的瞬间，仿佛以最可亲的笑容温暖地注视着尘世，她被姑娘们恭恭敬敬供奉在自己的心尖尖上。从此，那些无处诉说的私话，有了倾吐的对象，那些无从实现的想法，有了期盼和念想……

（摘自《兰州晨报》2018 年 8 月 10 日）

天水的大地湾

雪　漠

天水，古称成纪，又名秦州，被誉为“塞外江南”。范长江曾说：“甘肃人说到天水，就等于江浙人说到苏杭一样，认为是风景优美、物产丰富、人物秀丽的地方。”

天水可写之处极多。天水出美女，在《丝路花雨》中跳敦煌乐舞的演员，据说多是从天水选的。到国外演出时，被老外惊为“天人”。还有那麦积山石窟，位列中国四大石窟。于佑任叹其“艺并莫高窟，文传子玉山”。麦积山石窟以精美的泥塑艺术闻名中外，被誉为“塑像大展览馆”。它建于公元 384 年，经十多个朝代的开凿重修，体现了千年来雕塑艺术的发展和演变。

天水地灵人杰，名人极多，如汉代的飞将军李广，如三国的姜维，如近代的邓宝珊，如当代文艺理论家雷达……总之，历代的天水人中，皆不乏当世之秀。

天水被称为“羲皇故里”。相传，人类始祖伏羲就诞生在天水。如《帝王世纪》称：“华胥履大人迹于雷泽，而生庖牺于成纪。”文中的“成纪”，学者多认为是天水。而那“庖牺”，亦称“包牺”，便是伏羲。

相传，正是在天水卦台山的画卦台上，伏羲画出了揭示宇宙奥妙的八卦。《易·系辞下》称：“昔者包牺氏之王天下也，仰则观象于天，俯则观法于地，观鸟兽之文与地之宜，近取诸身，远取诸物，于是始作八卦，以通神明之德，以类万物之情。”

伏羲被认为是点燃了中国文明圣火的人。他的文化创造，散见于诸多史籍之中。《三皇本纪》称“伏羲以龙纪官”，建立了严格的社会组织及管理分工；《易传》称他“作结绳而为网罟，以佃以渔”；《周髀算经》称他作历法，以定天地之位；《绎史》称他钻木取火，教人熟食；《三皇本纪》称他“造书契”，以记录文明；《古史考》称他“制嫁娶”，以礼俗规范行为；《帝王世纪》称他“尝百药而制九针”，发明针灸医药；《三皇本纪》等书称他“作瑟”、“作箫”、“为琴”、“为埙”，发明了乐器。

有趣的是，天水的传说中，伏羲跟女娲是兄妹，他们出生在天水秦安县大地湾的女娲沟。为了繁衍人类，他们兄妹成婚。这在中国艺术中有相应反映，如“伏羲女娲交尾图”就源于这一传说。他们人首蛇身，盘扭在一起，象征了某种神圣的仪式。在天水，这类传说颇多，如《伏羲降生》《兄妹成婚》《羲王歌》等。

有趣的是，史籍中的记载和众多的传说，竟然跟一次考古发现契合了。

1958 年，考古界发现了天水秦安大地湾遗址。1978 年，考古人员开始挖掘遗址，掘出新石器时代的房屋 250 座，陶窑 40 座，灰坑 340 个，排水沟 8 条，墓坑 79 座，总面积达 110 万平方米。此外，还发掘出近万件文物，它们记录了生活在母系氏族制社会的祖先们的生活。先民们打石成形，磨骨成器，并钻孔安柄，制成农具和武器，成为农业文明最早的奠基人。他们有着高度的智慧，竟然用精调的泥巴制成了彩陶、杯、碗、盆、瓮等几十种器具。

根据 C14 测定，文物的最远年代距今约 7800 年，最晚近 4800 年。也就是说，这个小小的大地湾，竟记载了人类 7000 多年的历史。尤为惊奇的是，那些房屋，有单间、套间、厅堂等多室住宅结构，反映出当时人际关系的秩序化和习俗化，且具足了后来中国传统土木建筑的神韵。时至今日，用铁器叩其地面，仍铿锵有声，如叩混凝土。经测定，其强度相当于 100 号水泥沙浆所筑。

遗址中，还发现了地画，长 1.2 米，宽 1.1 米，用炭黑绘制。画中有一男一女，还有动物。男子健壮，女子丰腴，比例既符合人体比例，且神态和内心均跃然画上。经测定，此画距今约 7000 年，是迄今为止发现的世界上最早的绘画。

正是大地湾遗址，验证了关于伏羲和女娲的许多传说。那儿的记事符号，是世界上最早的文字雏形；那儿的遗物造型和纹饰绘画，反映出世界上最早的原始宗教——神灵崇拜、灵魂崇拜、图腾崇拜、祖先崇拜、生殖崇拜；还有许多发现，均为历史之最。 因为大地湾的发掘，许多学者认为，伏羲的出生地跟天水的大地湾有着密切的关系。

为了纪念伏羲，天水建有伏羲庙，此庙在明代便成规模，经历代修葺，已成为具有明代建筑风格的建筑群了，它整肃宏伟，布局严谨，有缘前往天水的朋友，是可以看到它的。

（摘自中国大百科全书出版社《凉州往事》一书）

安远镇

袁义达　邱家儒　刘翔南

安远是天水西边的一个千年古镇。

我很小的时候就知道安远，那是脚力较好、脚步较快的老家乡亲们常常光顾的一个集市，他们在那里出售山货，然后带回铁器。提到安远，我首先联想到的是安远铁匠。

但我从未去过安远。想象中的安远应当如电影《双旗镇刀客》中的那个古镇，坐落在山地之巅，苍凉、雄浑，偶尔还出产除铁器之外的一两个刀客。据说宋朝的杨文广还在安远筑寨驻军，这更坚定了我把安远当作另一个仇池国的想法。等汽车经过甘谷县城向北行驶，仅仅二十分钟后从柏油路向右一拐，同行的

安远镇

李老先生就告诉我们安远到了。我这才惊奇地发现，安远并不是坐落在山地之巅，而是处于一马平川当中——渭河上游的这个土地肥沃的小平原上。这就是历史悠久、大名鼎鼎的安远古镇！

民办教师出身的王老师在安远老街的一个巷口迎接我们。进门落座，桌上早摆好安远葱花油圈馍。一路颠簸，喉中生恶，肠胃烦恼，一个葱花油圈馍下肚，心胸先自开阔起来；再接过主人在火炉上刚刚熬好的一盅酽酽的罐罐茶，品咂再三，才确信我们是到了安远。

宾主寒暄之余，我注意到主人家墙上挂着一幅镜心隶书，内容不是唐诗宋词，也不是六朝骈句，却是主人为去世十周年的母亲所写的一篇纪念文章，四字一句，简约概括了老人的一生，寄托着晚辈“伏惟尚飨”的心愿和祝祷。全篇行文朴素，却有庄重严整的礼仪气氛，这是大孝啊。镜框下的桌子上，是三座包浆醇厚的梨木牌位，牌位后边供放着蓝色缎面册页《先母范事略考录》，旁边是一幅安装在小型插屏上的照片，照片外套是红布套。什么是长幼有序、孝悌当先，这就是。刚进老街时，我在车上看到一户人家门上的白色对联，下联已剥落，上联是“不迎不送守丧礼”，横批是“愧当大事”。家里去世了老人，在安远人看来，是天大的事，是应当感到愧疚的。

历史上的安远不是一座镇，而是一座城中之城，古称“柳城”，始建于宋代，因西夏常来入侵，取“安其远方”之意。安远曾有五城：大城、小城、南城、西城、北城，城中又有瓮城。

此外还有四个古堡，每个古堡都有护城河和吊桥，堡内住有数十户人家。城中有堡实属罕见。这是千年之前秦州（今甘肃天水）之西的一座大城，从安远镇今天使用的街道名即可看到一个古代西陲边城的影子，如北城村中街、大城村南堡子、大城村庄东等等。为了探访古城，我们甚至攀上了大城村南堡子的堡墙，放眼四望，安远镇的格局一目了然。虽然保存至今的遗迹不足万一，但沿着残缺城墙与堡墙的走势，依然可以遥想沧桑的柳城。堡墙根下，是一座保存完好的单坡式民居。院门紧锁，从墙头望去，前檐及廊侧砖雕、木雕俱佳，看来应是百年以上物事。

在设立“安远寨”的前三年，宋朝还在附近设立了“威远寨”和“来远寨”。威远、来远、安远这三大防卫重寨互成犄角之势，守卫着大宋王朝的边陲。《论语·季氏》有言：“远人不服，则修文德以来之。”修文德以“来”远人，而非马鞭高举、四夷咸服，这反证了宋朝军力之弱。一城四堡的安远，不知有多少个风清月白的夜晚在鼓角争鸣中度过。

当军事色彩在岁月的帏幔后逐渐消退，千年古镇安远便沁出古风犹存的醇厚，它使得安远卓尔不凡。在老街之东，我们见到了建于 1905 年的安远小学大门，这是天水境内最早的具有现代教育色彩的小学。我吃惊地发现，坐东朝西的安远小学校门是一座高大巍峨的哥特式建筑，大门是拱形，肋状拱顶和飞拱营造出一种轻盈修长的飞天感，直刺苍穹的尖顶显示了西式宗教建筑与神灵对话的意图，而门柱上的砖雕石刻纹样和长框又属明显的中国风格，显示出一种“气韵生动”。南朝画家谢赫所谓绘画“六法”，“气韵生动”居首位。长框中依稀可见绛红的笔迹，但已然漫漶不清，框内联语早在上个世纪50年代就被铲掉了。

就是这么一个小镇，居然还有一个规模颇大的“柳城影院”，它虽然看上去已经废弃，但楼前莲花状的路灯、高大的水磨石墙体，依稀可以看到这个电影院在上个世纪七八十年代的无上荣光。安远古镇的精神底色，一定被电影胶片浓郁地修饰过。老街上有间中药铺，铺子的门板上有六幅字迹整饬的毛主席语录，油漆已经斑驳，内容依然可辨，营造出一种“抓革命、促生产”的氛围。穿过老中药铺的门洞，隐身其后的，是一户门窗锃亮的人家。主人闻讯迎出来，热情招呼我们到屋里喝水，对外来之人毫无猜忌之意。街面上的行人，对我们手中的相机或害羞躲避，或含笑相迎，绝无诘问非难者，土俗俭朴，于此可见。一位叫卖白酒的青年，手握酒杯，在街上旁若无人地豪饮，有人拍摄他的妻儿，他毫不介意，末了还留下歪歪扭扭的地址，请拍摄者寄他一张照片——自己坦荡，方能视他人坦荡。巷中走来两位花甲老姐妹，半大的脚是缠过又放开的，谓之“解放脚”，手和手偏要牵在一起，依稀儿时模样。橱窗内哄孩子午休的老人，把孩子严密地包裹在自己的棉衣内，老式圆形眼镜片后的双眼满含舐犊柔情。街上走过的女子脸形很相近，无不天庭饱满、明眸善睐，有顾盼生辉之感。安远中学使用着一口手摇铜铸大钟，钟声悠扬；老师们在校门口集合，要去参加两位青年教师的婚礼。安远人的精神状态如此之好，有一种积极的感染人的力量，就连老街上长发及肩的一位补鞋匠，看上去也像特型演员，其长发间一绺天然生成的白发，使他更像是行走江湖的一位大侠。

安远正是逢集日，将近年关，街上车水马龙，市声喧哗，赫然散渡河（渭河的主要支流之一）流域之大市也。渭北山地居民以稼穑为务，勤于生计，农闲时则多以赶集为乐，颇得张弛之道。举凡街上货品，布匹、衣物、日用器具，无不色彩明艳，试想这冬日清冷焦黄的渭北高原，倘无红袄绿袖相衬，该是何等寂寥。新茶秋后就上市了，坐在茶摊后戴着火车头式皮帽或棉帽的摊主，无一例外地在熬罐罐茶。罐罐茶是当地农人一种独特的品茗习惯。不产茶的土壤，却培养了一代代依赖茶叶的胃。啜茶之人的鼻梁上多有一副石头茶镜，或圆形，或方形。他们一手持茶，另一手的指间便是自卷的旱烟，或是羊骨制成的水烟锅，也有使用铜制水烟瓶抽水烟的。划一根火柴点燃烟丝，短吸两口，长吸一口，烟锅中的水“咕咕”作响，水声渐大时，烟丝已化为灰白色，吸烟者适时收工，一股青烟就从鼻孔中喷射而出。抽烟虽非雅事，却也是讲究功夫深浅的，不会使用烟具者，一定会被烟水呛着。

就在我念叨安远铁匠时，果然见到了一家铁匠铺，主人姓麻，打制的不是刀枪剑戟，而是一些日用零杂。他的摊位代售从别处购进的马铃、火钳、灶具、刀具等，自己亲手加工的并不多，所以炉内清冷。同行的李老先生是民俗专家，他说，铁匠铺的火炉是太上老君的炼丹炉，所以真正的道士经过铁匠铺时都要驻足行礼，假道士则不懂这一点。

离开安远时，王老师的爱人用浆水面招待我们，独特之处在于浆水是用石葱花炝的。石葱生长在山崖间，花期时将其摘下晒干，用以炝浆水，芳香扑鼻，清雅动人。主人再配两个小菜，碗内一清二白，生动莫名，使人食欲大振，百姓厨间的家常便饭最是解得四时自然造化之风情。

在枯焦的冬季渭北，似乎最适合进食这种精致诱人的石葱花浆水面了。

（摘自《读者》2010 年第 6 期）

郎木寺的诱惑

范　园

在中央电视台 2005 年推出的最具人气和影响力的“中国魅力名镇”的评选活动中，郎木寺镇以厚重的藏传佛教文化、优美和谐的自然风光和独特的民风民俗显示出非凡的魅力，脱颖而出，走进了“中国魅力名镇”的行列。

许多人都误认为郎木寺是个寺庙的名字，其实郎木寺是个美丽的小镇子。“郎木”在藏语中是“仙女”的意思，郎木寺因传说中曾有仙女化为山上的一块岩石而得名。这个位于四川省若尔盖县和甘肃省碌曲县交界处的小镇，平时就透出几分繁华，最热闹时可以达到名副其实的摩肩接踵的程度。

郎木寺四周群山环拱，苍松翠柏掩映寺庙，与周围流线型的紫红色砂岩互为陪衬，相映生辉。这里藏民的住房一般是木制的，木墙、木房顶、木地板，亦称“塌板房”。这里的山因水而清秀，水因山而更富灵性，山光水色融为一体，飞瀑奇山秀丽异常。因此，郎木寺这方净土素有“东方小瑞士”和“香巴拉小江南”的美誉。

郎木寺到处是穿着绛红色长袍的喇嘛，有老有少。远眺郎木寺全景，其建筑有江南小镇婉约安宁的风韵。一条小溪从小镇中流过，宽不足两米，却有一个很气派的名字——“白龙江”。小溪虽不起眼，却是甘肃和四川两省的分界线，北侧属甘肃省，有赛赤寺、晒佛台、白塔、天葬台等；南侧属四川省，有格尔底寺、白龙江源头、纳摩峡谷，在格尔底寺入口处还有一座清真寺。

这里最著名的就是格尔底寺和赛赤寺，两处寺院隔白龙江相望。

格尔底寺是典型的藏传佛教黄教寺庙，寺中藏有该寺前世活佛的肉身舍利。那是一位三百多年前的活佛，死后肉身一直没有腐烂；现在已经被刷上金粉，双眼紧闭，不注意看时还以为是一尊铜佛。位于格尔底寺后的纳摩峡谷是这个地区少有的石灰岩地貌，谷口就是著名的纳摩洞。顺峡谷而行可探寻白龙江源头，峡谷中林木葱葱，泉眼密布，每一个泉眼流出的泉水都汇入白龙江。据说，饮用这里的泉水可以辟邪驱晦。与格尔底寺遥遥相望的是在甘肃境内的赛赤寺。赛赤寺依山而建，寺前有一片树林。

郎木寺

从树林边往下看，整个郎木寺的全景尽收眼底。左边的山峰是红石崖，右边的山峰之中就是纳摩峡谷。赛赤寺的最高处是天葬台，在天葬台，可以看到一排排经幡和飞来飞去的秃鹫。

每年正月，是郎木寺最热闹的时候。这时寺院举行“默朗大法会”，即通常所说的“传昭大法会”。寺院里的喇嘛纷纷出动，戴上面具跳神、演藏戏，还要举行规模宏大的晒佛活动。晒佛活动在每年的正月十三日举行，早上八点左右，抬着巨幅佛像的队伍从寺院的正堂走出来。走在最前面的是寺院里的活佛，跟着的是鼓乐队，然后就是二十多个年轻喇嘛抬着卷起的佛像随行。整个晒佛活动要持续一个多小时。

正月十五日这天晚上，位于四川省的格尔底寺有酥油灯展活动。藏民利用酥油在冬天会结块的特性，把大块的酥油雕成精美的酥油花，在晚上配以灯光来展示。酥油花很大，蓝色的底面上雕满漂亮的花纹，中间还画有漂亮的佛像；酥油灯上面架着一些竹竿，拉了一些灯泡来照明，下面的底座上，点着很多盏小小的酥油灯。活佛在众人的搀扶下，走到酥油灯前念经祈祷，随后藏民进行跪拜。

（摘自《读者》2006 年第 2 期）

甘南拾零

李晓东

甘肃是我的第二故乡。上研究生之前的22年，我从未离开山西一步，最远处，就是到省会太原的山西大学读书，离家250公里。当时没有高速公路，乘长治北到太原的省内绿皮火车，见站就停，路上要5个小时，真是“太远”啊。列车行进在太焦线上，山西中部多山，隧道一个接一个，但都不长，有的连一列火车也装不下，倏忽间昼夜交替。

考硕士研究生时收到西北师大复试通知。从太原到郑州转车到兰州，连续30多个小时，经历了真正的昼夜交替，隧道过得彻底无感。终于到了兰州，离家几千里，看着天上的白云和远处的北山，仿佛被抛到世外。没电话，更没手机，一封信来回近一个月，这才是“太远”。西北师大三年，我入了党，拿到了硕士学位，考上了博士，找到了女朋友，还学会了做饭。人生后来的基础，在黄河岸边奠定了。无论走到哪里，心中永远沐浴着金城的阳光。兰州，以至甘肃，成了我的乡愁。

由于学习紧张，三年里，只去过一次刘家峡，甘南未能至，却很有印象。西北师大中文系和甘南最高学府合作师专开展合作，负责人说，我们和合作师专合作，一定要有合作精神，通力合作。话没说完，大家都笑了。我更觉有趣，居然有地方叫作“合作”。后来知道，甘南藏族自治州政府所在地取名“合作镇”，就是要各民族共同团结奋斗，共同繁荣发展。

从甘南来的藏族学生很多，印象最深的一名同学，来自卓尼县，叫来鑫华。多年后，他成了诗人，就是著名的刚杰·索木东。

西北师大每次文艺演出，有一个节目必不可少，就是锅庄舞。藏族学生跳，汉族学生也跳。老师教锅庄舞，一边示范，一边口里念念有词，但就一个词“这样这样这样这样，这样这样这样这样……”看过几次，我忽有所悟，艺术来源于生活，饥者歌其食，劳者歌其事。锅庄，其实在现实生活中，就是烤火。高原阴湿，劳作一天的人们，围着篝火堆烤干潮湿的衣服。锅庄动作，就是烤胸前，烤背后，烤腋下，烤裤裆……艺术价值和实用价值，完美统一。

二十几岁的人，都有些情怀的，可甘南离太阳近，离兰州却远，交通不便，囊中羞涩，终未能一游，只好将合作镇、拉卜楞寺留在想象中了。

再到甘肃，已是 10 年后。2009 年冬，到甘肃短期工作。黄河母亲恬静依然，中山铁桥风韵不减，兰州却已旧貌换新颜。来时正值冬季，高楼林立，全国唯一的四库全书博物馆，在白塔山巅翩然欲飞。黄河风情线绵延数十里，河水清清，树木萧萧，可想见夏天时一派生机。夜里，乘游船自中山桥往返安宁桥，两岸华灯璀璨，耳边仙乐声飘，仿佛置身黄浦江中，中山桥化为外白渡桥……虽然甘肃发展位次在全国依然落后，可纵向比较，如同换了人间。

工作中有一项，是到各市州调研。从兰州出发，第一站临夏，第二站就到了甘南。夜宿甘南州政府招待所，卫生间手纸发黄，非常粗糙。想到院子里的小店买些质量好点的。院子里灯光暗淡，走路小心翼翼。偶一抬头，却被扎扎实实地惊到了。只见满天星斗，在高原幽暗的天空中，争先恐后地眨着眼睛，和人打招呼。忽然想起一个词——繁星如沸！高原的冬夜是寒冷的，夜空却热闹如天上的街市。想起小时候在农村，夜空也是这样繁盛，虽然愚钝如我者，没有像张衡一样数星星，也常如见到好朋友般兴奋。后来奔波都市，埋头拉车，抬头看路，却再也不眺望星空，不料却在甘南回到童年。

时过八载，2017 年 2 月，在天水挂职的我，到甘南参加甘肃省全域旅游推进会，又到了合作镇，它的变化让我由衷赞叹。街道宽阔整洁，两旁建筑整齐排列，藏族元素和现代化设计合而为一。街灯都亮起来，霓虹灯竞相闪烁。天上的街市，迁到了地上。新建的甘南大剧院可容纳数千人。质朴热情的锅庄舞跳起来，背景屏上，一幅幅画面，显示出甘南发展新成就。

这次到甘南，又参观了拉卜楞寺，这是格鲁派六大寺院之一，建筑宏大，可容纳 3000 多僧人，现有 1000 多人。广阔的大殿，铺着一个个坐垫，僧人在此学习。我印象深的甘南寺院，还有郎木寺，坐落在甘川交界的郎木寺镇，隔江与四川纳木寺镇相望。“郎木”“纳木”在藏语中含义一样，意为仙女。白龙江从山下流过，山体赭红，如藏传佛教僧袍。寺规模不大，与民居错落掩映。郎木寺学风浓郁，辩经尤其热烈。一次次辩经考试，一级级提升学历，学识修养名望，也随之水涨船高。

一出郎木寺镇，就到了四川。我们在颠簸不平的路面和一个又一个村镇中穿行大半天，终于在半下午时，再入甘南，到了腊子口附近。先见到的是距离腊子口十里路的次日那毛泽东故居，一幢藏式二层木楼，故居看护人桑杰拿出锅盔和茶招待我们。桑杰一家住一楼，二楼就是当年毛主席的住所，也是腊子口战役总指挥部。2009 年，房子还不是专门的纪念馆，政府每年补贴维修费用。

我们到达腊子口时，已是傍晚。薄暮中，杨成武将军题字的腊子口战役纪念碑巍然屹立，白龙江奔腾不息。两侧千仞绝壁，已矗立亿万年，1935 年 9 月 16 日下午开始的那场殊死搏杀，让它名垂千古。我们仰头眺望，暮色苍茫，水声如豹，依然感觉阵阵寒意。当年只有 8 米宽的峡口，江边无路，重兵把守。狭路相逢勇者胜，前行艰险、后退无路的红军用勇敢和智慧，突破了天险。

遥想当年，不仅腊子口是天险，整个甘南，海拔高，道路差，都是天险。而今，天险变通途。2013 年，夏河机场建成通航，从空中可以直达甘南高原，在地级市机场中，夏河机场条件属于好的。高速公路、一级路、二级路连接成网，车流不息。路边警示牌上写着“当心磕长头群众”。记得看过一篇文章《磕长头的路是谁修的》，正是平整安全的公路，方便了信教群众用身体丈量大地，表达虔诚的祈祷。现代社会的发展进步，使人们更有条件亲近古老的宗教。

（摘自《人民日报·海外版》2018 年 6 月 9 日）

格桑花开

陈　拓

盛开在藏族的青藏高原上，盛开在神秘的香巴拉王国，盛开在十万寺院庄严的壁画中，盛开在约瑟夫·洛克突然放大的瞳孔里，盛开在草原牧人一代一代对美好生活的向往中……

我记得，你是从格萨尔的史诗中，第一次以八瓣的形式，出现在人们的视野中，并且以吉祥幸福的名誉，永远定格在草原春天的记忆里。如一盏盏点燃的酥油灯，无论是风雨如晦的季节，或是霜凌雪逼的岁月，始终如一地烛照着草原牧人善良的心灵。

格桑花，格桑花，比东南西北天地六合还多出两瓣的格桑花！

阿妈说，格桑花是草原上所有花的名字，是一种吉祥幸福的花，只有善良、幸运的人，才能见到她。

阿爸说，格桑花是藏族诸神中掌管人间疾苦和幸福的天神格桑，在很久以前，来人间拯救人类时，遗留给藏地百姓镇伏灾难的花朵，只要格桑花年年在春天盛开，一切灾难都将冰消雪融，远远躲开。

格桑花开遍草原。一瓣是遮蔽魔障，守护佛法的宝伞；一瓣是自在、解脱、智慧的宝鱼；一瓣是吉祥、清净、象征俱宝无漏、福智圆满、永生不死的宝瓶；一瓣是吉祥右旋的白海螺；一瓣是爱情、献身的吉祥结；一瓣是自心自情清净的胜利幢；一瓣是永不停息的金法轮；一瓣是出污泥而不染，至清至纯的妙莲。她的另一个名字藏语叫“扎西德杰”，汉语叫“吉祥八宝”。

格桑花开漫山岗。一朵开在溪流间，她的名字叫金莲花；一朵开在帐篷旁，她的名字叫羊羔花；一朵开在山坡上，她的名字叫金露梅；一朵开在雪山间，她的名字叫雪莲花；一朵开在仓央嘉措的诗歌里，它的名字叫东方山顶的明月；一朵开在白度母的左手中，它的名字叫乌巴拉花；一朵开在经卷里，她的名字叫信仰；一朵开在史诗中，她的名字叫珠牡。

格桑花，格桑花，快点在草原上盛开吧，风吹雨打都不怕，我去草原上见卓玛！

（摘自中国散文网）

风雪华家岭

茅　盾

“西兰公路”在一九三八年还是有名的“稀烂公路”。现在这一条七百多公里的汽车路，说一句公道话，实在不错。这是西北公路局的“德政”。现在，这叫作兰西公路。

在这条公路上，每天通过无数的客车、货车、军车，还有更多的胶皮轮的骡马大车。旧式的木轮大车，不许在公路上行走，到处有布告。这是为的保护路面。所谓胶皮轮的骡马大车，就是利用汽车的废胎，装在旧式大车上，两匹牲口拉，牲口有骡有马，也有骡马杂用，甚至两骡夹一牛。今天西北，汽油真好比血，有钱没买处；走了门路买到的话，六七十元一加仑。胶皮轮的骡马大车于是成为公路上的骄子。米，麦粉，布匹，盐……以及其他日用品，都赖他们转运。据说这样的胶皮轮大车，现在也得二千多块钱一乘，光是一个旧轮胎就去了八九百。公路上来回一趟，起码得一个月工夫，光是牲口的饲料，每头每天也得一块钱。如果依照迪化一般副官勤务们的“逻辑”，五匹马拉的大车，载重就是五千斤，那么，兰西公路上的骡马大车就该载重三千斤了。三乘大车就等于一辆载货汽车，牲口的饲料若以来回一趟三百元计算，再加车夫的食宿薪工共约计七百，差不多化了一千元就可以把三吨货物在兰西公路上来回运这么一趟，这比汽车实在便宜了六倍之多。

但是汽车夫却不大欢喜这些骡马大车，为的他们常常梗阻了道路，尤其是在翻过那高峻的六盘山的时候，要是在弯路上顶头碰到这么一长串的骡马大车，委实是“伤脑筋”的事。也许因为大多数的骡马是刚从田间来的“土包子”，它们见了汽车就惊骇，很费了手脚才能控制。

六盘山诚然险峻，可是未必麻烦；路基好，全段铺了碎石，一个规矩的汽车夫，晚上不赌，不嫖，不喝酒，睡一个好觉，再加几分小心，总能平安过去；倒是那华家岭，有点讨厌。这里没有弯弯曲曲的盘道，路面也平整宽阔，路基虽是黄土的，似乎也还结实，有些坡，然而既不在弯道上，且不陡；倘在风和日丽之天，过华家岭原亦不难，然而正因为风和日丽不常有，于是成问题了。华家岭上的天气经常是恶劣的，这是高原上一条山冈，海拔五六千尺，从兰州出发时人们穿夹衣，到这里就得穿棉衣——不，简直得穿皮衣。六七月的时候，这里还常常下雪，有时，上午还是好太阳，下午突然雨雪霏霏了，下雪后，那黄土作基的公路，便给你颜色看，泞滑还是小事，最难对付的是“陷”——后轮陷下去，成了一条槽，开上“头排挡”，引擎是呜——胡胡地痛苦地呻吟，费油自不必说，但后轮切不着地面，只在悬空飞转。这时候，只有一个前途：进退两难。

四〇年的五月中旬，一个晴朗的早晨，天气颇热，人们都穿单衣，从兰州车站开出五辆客车，其中一辆是新的篷车，站役称之为“专车”；其实车固为某“专”人而开，车中客却也有够不上“专”的。条件优良，固然下午三时许就到了华家岭车站。这时岭上彤云密布，寒气刺骨，疏疏落落下着几点雨。因为这不是普通客车，该走呢，或停留，车中客可以自择。但是意见分歧起来了：主张赶路的，为的恐怕天变——由雨变成雪；主张停留过宿的，为的天已经下雨了，路上也许麻烦，而华家岭到底是个“宿站”。结果，留下来。那一天的雨，到黄昏时光果然大了些，有檐溜了。

天黑以前，另外的四辆客车也陆续到了，都停留下来。五辆车子一百多客人把一个“华家岭招待所”挤得满坑满谷，当天晚上就打饥荒，菜不够，米不够，甚至水也用完，险些儿开不出饭来。可是第二天早起一看，糟了，一个银白世界，雪有半尺厚，穿了皮衣还是发抖。旅客们都慌了，因为照例华家岭一下雪，三五天，七八天不能走，都没准儿，而问题还不在能不能走，却在有没有吃的喝的。华家岭车站与招待所孤悬岭上，离最近的小村有二十多里，柴呀，米呀，菜蔬呀，通常是往三十里以外去买的，甚至喝的用的水，也得走十多里路，在岭下山谷挑来。招待所已经宣告：今天午饭不一定能开，采办柴米蔬菜的人一早就出发了，目的地是那最近的小村，但什么时候能回来，回来时有没有东西，都毫无把握云云。

雪早停了，有风，却不怎样大。采办员并没空手回来，一点钟左右居然开饭。两点钟时，有人出去探了路，据说雪已消了一半，路还不见得怎样烂，于是“专车”的“专人”们就主张出发，“要是明天再下雪，怎么办?”华家岭的天气是没有准儿的。司机没法，只得“同意”，三点钟光景，车出了站。

爬过了一个坡以后，天又飘起雪来。“怎么办呢?”“还是赶路吧! 新车，机器好，不怕!”于是再走。但是车轮打滑了。停车，带上练子，费去半小时。这期间，雪却下大了，本来已经斑驳的路面，这时又全白了。不过还希望冲出这风雪范围——因为据说往往岭上是凄迷风雪，岭下却是炎炎烈日。然而带上练子的车轮还是打滑，而且又“陷”起来。雪愈来愈大，时光也已四点半；车像醉汉，而前面还有几个坡。司机宣言：“不能去了，只有回转。”看路旁的里程碑，原来只走了十多公里。回去还赶得上吃夜饭。

可是车子在掉头的时候，不知怎样一滑，一对后轮搁浅在路沟里，再也不能动了，于是救济的程序一件一件开始：首先是旅客都下车，开上“头挡排”企图自力更生，这不成功，仍开“头排挡”，旅客帮着推，引擎呜呜地叫，后轮是动的，然而反把湿透的黄土搅成两道沟，轮子完全悬空起来，车子是纹丝儿也没动；路旁有预备改造路基用的碎石堆，于是大家抓起碎石来，拿到车下，企图填满那后轮搅起来的两道沟；有人又到两里路外的老百姓家里借来了两把铲，从车后钢板下一铲一铲去掘湿土，以便后轮可以着地；这也无效时，铲的工作转到前面来。司机和助理员（他是高中毕业生）都躺在地下，在泥泞里奋斗。旅客们身上全是雪，扑去又积厚，天却渐渐黑下来了，大家又冷又饿。最后，助理员和两个旅客出发，赶回站去呼救，其余的旅客们再上车，准备万一救济车不来时，就在车上过夜。

这时四野茫茫，没有一个人影，只见鹅毛似的雪片，漫天飞舞而已。华家岭的厉害，算是领教过了，全车从司机到旅客二十八人，自搁浅当时起，嚷着，跑着，推着，铲着，什么方法都想到，也都试了，结果还是风雪和黄土占了胜利。不过尚有一着，没人想到：原来车里有一位准“活佛”大师，不知那顽强的自然和机械肯听他法力的指挥否。大师始终默坐在那里掐着数珠，态度是沉着而神妙的。

救济车终于来了，车上有工程师，有工人，名副其实的一支生力军。公路上扬起了更多的人声，工作开始。铲土，衬木板，带上铁丝缆，开足了引擎，拉，推，但是湿透了的黄土是顽强而带韧性

风雪华家岭

的，依然无可奈何。最后的办法，人和行李都搬上了救济车，回了招待所。助理员带了铺盖来，他守在那搁浅的客车里过夜。

这一场大雪到第二天早晨还没停止，车站里接到情报，知道东西两路为了华家岭的风雪而压积的车辆不下四五十乘，静宁那边的客人也在着急，静宁站上不断地打电话问华家岭车站："你们这边路烂得怎样？明天好走么？……呀，雪还没停么？……"

有经验的旅客估计这雪不会马上停止，困守在华家岭至少要一个星期。人们对招待所的职员打听："米够么？柴还够么？你们赶快去办呀！"有几个女客从箱子角里找出材料来缝小孩子的罩衫了。

但是当天下午雪停，太阳出来了。"明天能走么？"性急的旅客找到司机探询。司机冷然摇头："融雪啦！更糟！"不过有经验的旅客却又宽慰道："只要刮风，一天的风，路就燥了。"

果然天从人愿，第二天早上有太阳又有风，十点光景有人去探路，回来说："坡这边还好，坡那边，可不知道。"十一点半光景，搁浅在路旁的那辆"专车"居然开回来了，下午出发的声浪，激荡在招待所每个角落。两点钟左右，居然又出发了。有人透了口气说："这回只住了三天，真是怪！"

沿途看见公路两旁斑斑驳驳，残雪未消，有些向阴的地方还是一片纯白。车行了一小时以后，车里的人把皮衣脱去，又一小时，连棉的也好像穿不住了。

（摘自百花文艺出版社《茅盾散文选集》一书）

嘉峪关记

于　坚

在火车从兰州向嘉峪关驶去的途中，我终于看见“大漠孤烟直，长河落日圆”。天地有大美而不言，诗人在“大漠孤烟直，长河落日圆”面前战战兢兢，唯有赞美，赞美也只是陈述事实，绝不敢评头论足，妄加揣摩，仅仅说出事实，文字就永垂不朽。真是不可思议，沧海桑田、改朝换代，这两句升华于荒漠的诗流传了无数岁月，在文字堆里早已得道成仙，成为圣经了，而“大漠孤烟直，长河落日圆”这个事实、现象、场合依然在大地上一动不动。作为后人，我再次像先人那样被感动，只是我的感动是双重的，我先被诗感动，然后被诗的起源感动，这让我一句话也说不出来，忽然明白了李白的那两句诗，“眼前有景道不得，崔颢题诗在上头”。在我从古代诗歌中得到的想象中，嘉峪关只是孤城一座，比它更大的东西是苍天大漠落日长风。但那位女导游的说辞里面一句都不提这些，只是在说嘉峪关建于哪年哪月、守关的游击将军是几品官衔、关门内藏着多少箭楼、垛口、马道、角楼……我因此暗暗担心嘉峪关已经成为被摩天大楼包围的古董城……

心怀忐忑，磨磨蹭蹭，终于登上了嘉峪关的罗城（罗城是嘉峪关主城外面的护城，直接与戈壁滩连接），站在城堞后面，像古代的关守那样双手一杵砖垛，极目四眺，松了一口气，确实是“望之四达，足状伟观，百里之外，了然在目”。关外，河山依旧，茫茫戈壁直开向天边，天苍苍，野茫茫，只是比古代多了几根孤零零的电线杆子，更显寂寥。土垒的城墙一左一右向着大地延伸，已经看不出建筑物的唐突，好像是从大地深处生长出来的、本来如此的土墩子。天空的底线上，祁连山和黑山像两群奔马，黑群向右，灰群向左，刚刚分道扬镳，中间让出一条碎石和沙子的阳关大道。谁要来了？日头中天，没有一个人从关外过来，一个也没有。过来的是刚刚起于青萍之末的秋天之风，有些枯草在荒野上轻摇，一辆大客车自南向北横越大漠，卷起一溜黄灰。

我们决定背叛旅行团，从古代胡人入关的方向重新走进嘉峪关。很少人这么走，内地游客大都从关内进来，因为他们不是胡人。胡人如今乘飞机或者火车入境，他们的后代早已忘记了祖先进入中国的路线。我们乘车深入戈壁，在最开阔处下车，转身就朝嘉峪关走。戈壁滩早已不是混沌一片了，修了各种等级的公路，四通八达。但无论如何，戈壁滩还是太大，荒原还是太大，就是高速公路在这庞然大物身上，也只是羊肠小道，不注意的话，几乎看不见。荒原是不可征服的。别说高速公路，就是一个城市，在戈壁滩上望去，似乎也只是铺在广场上的一堆围棋子，围着巴掌大的地盘，一旦某场大风暴到来，即刻就无影无踪，只是那场风暴还没到而已。

地老天荒，我深深吸口气，像岑参或者李白那样在地面上走，跟着他们留下的风。他们都是步行者，从他们的作品可以看出来，走着走着，忽然看见“明月出天山”，顿悟。但他们从来不说悟出什么，只是描述而已，大地就是先验的诗篇，悟性无处不在，只需在适当的时候脱口而出。戈壁滩上满地都是石头，大大小小、密密麻麻，走在它们之间，仿佛自己的身体自动在向它们看齐，开始缩小，只是靠了意志力强撑着，才没有变成石子。走了一阵，一干人忽然若有所思地都低下头去，仔细地看起戈壁滩来。在火车上，戈壁滩真担得起“荒凉”二字，有人甚至形容它寸草不生，但扎扎实实地站在戈壁滩上，荒凉就未必了。亚热带丛林藏着亚热带丛林的东西，戈壁滩也藏着戈壁滩的东西，“荒凉”并非一无所有，荒凉与丰富同样丰富无比，荒凉是另一种丰富，这仅仅决定于观点。人类有多少偏执的观点，以可怕的、视而不见的“荒凉”遮蔽着大地啊！大家低下头去，是因为发现这戈壁滩不仅遍布石头，而且是非凡的石头，在火车上看是灰茫茫混沌一片，站到戈壁滩上，才看出这些石头其实各色各样，只是都有一层被自然做旧的包浆，令它们很不起眼，很容易被忽视。一干人都看傻眼了，像是散落在大地上的老古玩店，这些石头有黑如石油的、玉相初萌的、黄如蜡的、红似鸡血的、某植物的化石、某动物的水晶棺材……赤橙黄绿青蓝紫，谁持彩练沙中舞，戈壁！璞依然在大地上摆着，每一块在史前或许都是大山一座，现在全都被大地磨得只剩下核心，正处于玉与不玉之间。隐约的玉，还不是玉，隐约的钻石，还不是钻石，隐约的翡翠，还不是翡翠。黑暗将尽，日将出，玉在觉醒，金在葆光。已经有端倪、迹象了，但没有光彩夺目，依然是石头，大巧若拙，美已诞生，随便一块都可以登堂入室。这时代目光短浅，只看得见手镯、项链、戒指、胸坠们的珠光宝气……看不见璞，因此戈壁滩上留下了大漏。一干人都看得发呆，忽然起了童心，就回到童年时代，雀跃欢呼，投向大地，拣起花石头来了。目光一旦深入戈壁，就发现这蛮荒里不仅石头仪态万方，还有各种各样的植物，骆驼刺啦、梭梭啦、沙拐枣啦、白刺啦、罗布麻啦、白麻啦、甘草啦、沙棘啦……这些名字我都叫不出来，是当地人告诉我的。石头之间，经常有荒漠沙蜥翘着长须走过，就像国王在巡视自己的领土。生物学家说：荒漠沙蜥是生活于荒漠或半荒漠地区的蜥蜴类，外部形态有许多适应荒漠生活的特征，一般筑洞于

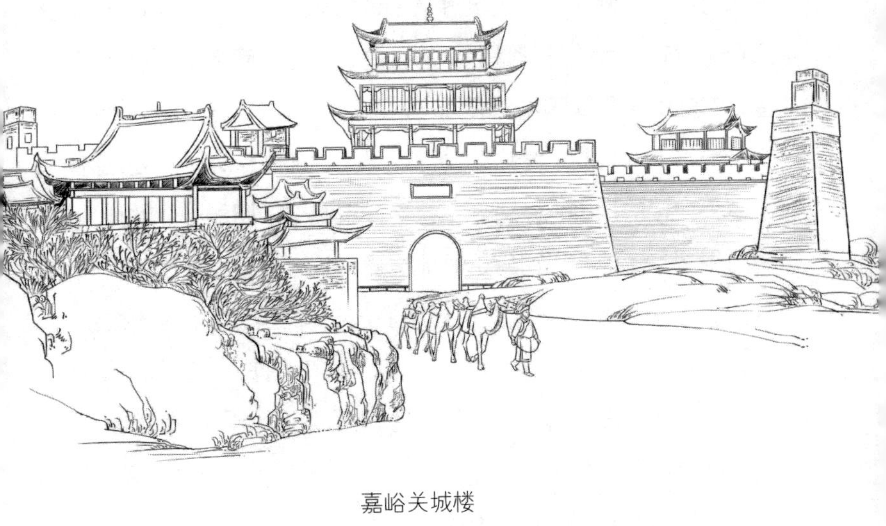

嘉峪关城楼

较板结的沙砾地斜面、沙丘和土埂上，亦有在砾石下者。沙蜥的食物主要是各类小昆虫，例如蚂蚁、鼠妇、瓢虫、椿象等，卵胎生，拉丁文名：Phrynocephalus przewalskii。其实这个学名非常荒凉，“荒漠沙蜥”一词下面，爬行着无数肤色、步态、体型都不同的昆虫，在戈壁滩上才走了半小时，已经看见了十多种，其实如果细看的话，没有两只沙蜥是一样的。

在戈壁滩上走，事先没有任何迹象，忽然间就会走到悬崖边上。大戈壁突然垂直而下消失在深渊里，鬼哭狼嚎，不见天日。深渊对面，仿佛什么事也没有发生过似的，戈壁滩继续它的坦荡大业。讨赖河大峡谷就是这样的巨缝，先是隐隐听见地里面有声音，忽然间平川就闪电般裂开一道深近二十米，宽约十多米的巨缝，惊得人仰马嘶，悬崖勒马。说时迟，那时快，马立处已经成了摩天大楼的顶层，多迈一步就会掉下绝壁。胆颤心惊地伸头望望，底下，一条泥巴河狮子般地咆哮着从大地里面跑出来，满地打滚，一头撞在沙石壁上，头破血流，晕头转向，这才找到出路，沿着峡谷奔腾而去。泥流滚滚，水气飞腾，令人魂飞魄散，半天回不过神来。幸好我们不是纵马狂奔，否则或许就奔下去了，这也是步行的好处。

又是忽然间，荒原上嬉戏的风摇身一变，成为一个披头散发的壮汉，叉着腰，朝天空喷吐黄沙，卷起一股龙卷风，扭腰摆尾地在大漠上打转，其施虐处天昏地暗，西天黑掉一半。风魔鬼般怪叫着，以为就要朝我们这边袭来，戈壁滩上没有任何掩体，正愁逃不出去时，龙卷风却抽丝般忽然散了，湖蓝的天色洇开在宣纸上似的，一片片漫出。虚惊。继续拣石头。在我们拣石头的当儿，本地人已经摘了一大把绿油油的沙葱，说是这个炒羊肉最好吃的。乌云散去，日头更毒，热气从沙眼里喷出，全身蒸桑拿似的难受，但没人在意，大家为石头着魔。总想着拣到更美的，更美的，其实什么是更美的，早已糊涂了，到最后，到手的已经把握不住，还觉得满地石头，个个好看，又觉得手里的一打，个个平庸，不知如何是好，陷入对美的贪心中，无法自拔。干脆全部扔掉，重新开始。再次握住一把，却又后悔适才把那些百里挑一的扔掉，它们才是最美的，待后悔时，回首戈壁，早已泥牛入海，又是满川碎石大如斗。但如果以为戈壁滩上也就是些史前遗物，与人烟无关，那就错了。此前，我们曾被带去参观魏晋墓群中的绘砖壁画，据说已经出土了 760 多幅，没有发掘的墓穴还有上千座。坐在车里。看着外面的满目灰黄，灰黄的天空，灰黄的戈壁。五色令人目盲，热昏昏的单调的灰黄也令人目盲，心里半信半疑，这种地方能有什么壁画。就睡过去，车停时，外面还是满目灰黄，只是在茫茫戈壁上多出来一排房子，房子下面有一个洞，梦游似的跟着导游往下走，忽然冷起来，下去十多米，进了墓室。壁画出现了，一幅幅画在墓砖上，画的是宴饮、庖厨、梳妆、奏乐、舞蹈、博弈、出行、狩猎、农耕、采桑、畜牧、屯田、林园、酿造、营垒、打场、鸡、牛、马匹、丝束、考肉串、榻、帐等。线条流畅简洁，色彩简单但传达出丰富的色相，大巧若拙，大色若素，表现主义风格，非常美，充满灵气和力量的线条把现实升华为天堂般的图像，马蒂斯们看见会绝望的。墓室的主人指望的是画什么就有什么，生前实实在在地有什么，死后象征性地有什么，死亡令现实升华为艺术，出发点很世俗，但被匿名的民间画师升华为不朽的线条和色彩，实物现场早已灰飞烟灭，形而上的表现却穿越了时间。大家看得目瞪口呆，说不出话。回到地面，阳光如高炉中沸腾的铁水般往头上倾倒，戈壁滩嘶嘶冒烟，它的下面竟然梦魇般藏着这等描绘物华天宝、人杰地灵的美术，真是超现实。登车离去，回头再看，戈壁昏黄，刚才那一幕，是南柯一梦，还是手机显示的2011年8月27日的下午三点一刻，已经搞不清了。

（摘自《散文》2012年第8期）

锁阳城里的风铃草

张子艺

后来，我在宁夏西夏陵旁边的戈壁上，见过这种被称为风铃草的植物。

在此之前，我从一个朴素的文物考古工作者口中第一次听到风铃草的名字。他是锁阳城的发掘者，常年的文物发掘使他周身笼罩着一层肃然的气质。他说，锁阳城内城家眷们居住的地方，中间有一圈圈小土包围起的圆形空地，里面长满了风铃草。这种草不是此地的土著，方圆百里之内，都没有其他的土壤上萌发出这种草的芽儿。

这种植物夏天开花，秋天结出果实，果实荚自然风干后不脱落，会一直挂在枝干上，秋风吹来，发出沙沙的响声。

他微笑又迟疑了一下，才说："或许，或许是哪个喜欢风铃草的家眷种下的吧，这是她家乡的声音啊。"

我听着这句稀松平常的话，突然间战栗不已。我直觉地想，这一定跟我有关，我一定要去一趟锁阳城，去会一会这风铃草。

可是，种风铃草的这个家眷，是汉唐、魏晋抑或是西夏的女子?

倘若在汉唐，能住在锁阳城里的家眷，一定不是普通士兵的妻子或者女儿。或者，几乎没有这种可能。

匈奴的马蹄之下，像一个楔子似的锁阳城，刚刚被插入这片大地上。必须要有格外彪悍血性的士兵守在这里，时时刻刻站在瞭望台上，看着虎视眈眈的敌人的方向，日夜警惕。

他们不可能是某人的丈夫或者是某人的父亲，他们只有一个名字，叫作士兵。

唐朝的薛仁贵曾经在这里被困住过。

这个传说，使"锁阳城"这个名字开始被人熟知，在此之前，这个城的名字，叫作"苦峪城"。薛仁贵一路西征，走到此地后被围困在这座城里，粮草告急，一支小分队杀开一条血路去长安搬救兵。

薛仁贵和他的将士们，靠着城外连绵不断的野生锁阳，度过了最艰难的等待时间。由于这种植物集天地灵气的特殊形状，被赋予了"锁阳"的名称。

这里漫山遍野的野生锁阳，到了今日，仍然是大地对于此地居民的馈赠。大雪封山的寒冬里，正是锁阳的成熟期。当地的男女老少们拿着木铲子挖锁阳，不能用金属工具，不然，挖出来的锁阳会变得黑黝黝的。然后，熬水泡酒切片晾干，再等待着下一个冬天的锁阳。

在锁阳城里种风铃草的，还有可能是谁呢?

魏晋时期，这里从内地迁入了多少名门望族啊！在河西走廊上，几百年的岁月里，他们将中华文化珍贵的典籍和传统带入此地。在永嘉之乱的风烟中，大批中原的望族匆匆来到河西走廊这一片桃花源中避难，修养，生息，在此地种下风铃草的，有可能就是魏晋的一个女儿。由于社会的动荡，她生在一个礼教不是格外森严的普通家庭中，略微读过一点书，到了年龄，嫁给了一个军人，他并不完全是鲁莽的武夫，可能粗通一点文墨，所以升迁得还算快，很快就成了一个城的头领。所以，会在后院里，给她开辟一个小花园，种上她喜欢的花草。

或许不是。

魏晋中原人士们的乡愁，是洛阳雍容华贵的牡丹，这样娇艳的花朵，不适合开在这一望无际的戈壁上。

那么只有是西夏了。

这个在中原历史上只留下只字片语但曾经强大兴盛过的政权，真的泯灭了，他们倒是留下了一些文字，但是，这种古老的游牧民族的文字，至今无法破译。

我在武威的西夏博物馆中，久久地注视着那块肃立着的无人能解的黑色石碑，看着看着，眼角有泪慢慢沁出。这是李元昊的西夏，这是李德明的西夏，这是李思恭的西夏。可能，这也是我的西夏。

我曾在炎热的七月去过西夏陵。

正午，白晃晃的阳光照在发白的土地上，地面上稀稀拉拉地长着一些草，这样的景致，童年、少年的我，在河西走廊上看过千百遍。

这里是西夏的王陵，西夏的王族都葬在此地。

可是我找不到半分熟稔的感觉，我是一个过客、一个游客，我只是一个贸然来到这里的陌生人。

但我终将会来到锁阳城，看一看那迎风摇曳的风铃草。

这里的风铃草，一定是一个西夏女子亲手种在这里的。她或许在思念着远在他乡的父母，或许风铃草是她少女时期看到过的最熟悉的景致。总之，一株株生长在贺兰山下的风铃草，最终被她移植到了瓜州的锁阳城里。

我的脚步正踏入锁阳城。

土是松软的，发着白光，戈壁滩上的太阳也是明晃晃的。光照在人的身上、脸上毫无遮挡，地也是发烫的。不知道是天气太炎热还是路途太遥远，我有一点眩晕，只能凭着脑海里的记忆，深一脚浅一脚地在锁阳城里冲撞。

我第一眼就看到了塔尔寺。据说，这座修建于唐代开元年间的寺庙，最初被命名为开元寺，后来又叫作阿育王寺，后来，等到了西夏驻军的时候，更名为塔尔寺，一直延用到了今天。我由此知道，塔尔寺地基一米之下，掩埋着唐朝的开元寺。唐代的青色灰砖和石碑都还留在这里，玄奘曾在此地登坛讲过半个月的经卷，他脚下踩过的青砖还在。

我像千年前虔诚的信徒一样，沿着这座寺庙走了一圈又一圈。我看到西夏的墙皮里面裹着的唐代墙体，那一刻我只想有一双巨手，将流逝的光阴拽回到我的面前，我想看看我的西夏，我的族人。

我还要去看我的风铃草。一株一株，一簇一簇，在微风的吹动下，发出沙沙的声音的风铃草。

现在还是夏天，它们应该还是青翠的模样。

可是我没有找到那个土包围起的圆形花池。

我只看到一块一块的土疙瘩，漫山遍野的土疙瘩，它们分布在锁阳城的每一个角落。我找不到我的花池了。

太阳将一切都照得白光光的，我找不到我的风铃草了……

后来，我在宁夏的戈壁上见过风铃草，我在伊犁的草原上见过风铃草。夏天它们开出细细碎碎的小花儿，结出绿色的小豆荚，风吹过来，豆荚发出扑扑簌簌的声音；等到了秋天，变黄的豆荚依旧挂在小小的枝干上，风吹过，它们依旧发出沙沙的响声。

这是这个寂寞的世界中，伴随着风声传来的唯一一点声响。

（摘自读者文化传媒股份有限公司微信公众号，

2018 年 7 月 19 日）

祁连山下

徐　迟

在和一些历史学家和考古学家的交往中，尚达听到了有关甘肃敦煌的千佛洞的一些情况。当时，人们更多的注意了那一大批经变写本。可是，关于壁画，却还没有怎样重视，仿佛没有这一种宝藏似的。忽然，他决定要到敦煌去。在他的寂寞、冰凉、痛苦的心中，敦煌壁画燃起了一片光耀的火焰来。

还在巴黎时，他就看到过敦煌的写本。这些稀世之宝不属于他的研究范围。他也看到了一些壁画的原件残品和印刷品，当时就有一个感觉，写本不过是敦煌文物中的一部分而已，壁画才是它的主体。那时候他渴望着有一天能看到原作。现在，时机不是到来了吗？

到敦煌去！是的，他也知道这并不是容易的事。那是在“黄河远上白云间”的塞外，在河西走廊的尽头，在祁连山下啊！

要到那种地方去，需要像古代的张骞一样的精神，像古代的苏武一样的毅力。

但他已决心到那个地方去。经过他自己和几个比较能理解他的朋友的奔走，筹了一笔款子，弄到一辆八缸“别克”汽车和汽油、护照，他终于成行了。

这是多么艰苦、危险的旅行呵！他们必须跨越秦岭到西安，那还是比较通达的路径呢。从西安到兰州，这就人迹稀少起来了。再从兰州出发，走上河西走廊，这一千多公里的大戈壁滩，几乎杳无人迹。由于当时为了支援中国的抗战，苏联派来了空军和地面的后勤人员，才有了一些油车、器材运输车，时而点缀在骆驼商队和大风沙中。经过三个月之久，他们到达了目的地。在一片流沙的山丘中间，他们望见了一个小小的绿洲，一片林木。

他们到达敦煌千佛洞的头一天夜里，下了一场雨。这在戈壁上几年也难得有一次的。因此，这一天，沙土澄清下来了，空气十分透明。千佛洞散布在一条狭长的山冈上。黄昏，太阳沉没到这条山冈背后去。平川已经阖黑，而三危山上的圣洁的金光却格外辉亮，三危山上出现了一千尊或者更多尊佛，一个个的佛，全部显圣了。它们须眉毕露。它们都有圆光。它们有的盘膝，有的垂足而坐。有的倚侧着，猛兽驯伏在它们足下。全体都合十，微笑。最后，它们隐没在缀满群星的夜幕背后。

这头一个黄昏里，千佛洞的千佛，即延见了尚达，让尚达向他们参见，朝拜了。

第二天，我们的画家由一个老道带领，在洞窟之中看了一遍。当天，我们的画家就受到了一幅壁画的感召。这就是第 428 窟东壁南段的萨埵那太子舍身饲虎图。

饲虎图画三太子出猎在外。最小一个，萨埵那太子，见母虎和七只小虎饥饿消瘦，为免母虎吞食小虎，太子投身饲虎，后来成了佛。这幅画里所宣扬的一种思想，像一道闪电，击中了尚达。他想，既然萨埵那太子可以舍身饲虎，他自己为什么不能舍身侍奉艺术，侍奉这座艺术的宝库？他在壁画之前沉思，犹如壁画上的萨埵那太子在跳崖之前沉思着一样。他想，他应该终身以敦煌的洞窟为家，这里要做的工作不知有多少！要保护这宝库，需要守护者。整理这宝库，需要研究、临摹、复制者，需要艺术家，终生为它效力、将它发扬光大的艺术家！

尚达发现，第 428 窟并不完整，只是半个洞窟。这里也许曾经发生过地震，或者是遭遇过戈壁滩上的大风暴。在这一排洞子的前面，从前很可能还有一排以至几排洞窟，现在全都塌掉了！塌方的痕迹是很明显的。如果再不好好地保护这些洞子，它们还要塌。时间、风沙、地震，这是不饶人的。想到这里，尚达战颤起来了。现在，他已经决定了，他要负担这个守护者的责任。这是义不容辞的。他不敢和萨埵那太子相比，但他也要把自己的一切献出来。为保护洞窟而必须的话，他可以献出自己的生命。

而在第 285 窟中，他发现了被盗窃的痕迹。在那个神情生动的两个纤夫的背后，有方方正正的一大块壁画，很明显是被用小刀子挖走的。那是纤夫的纤绳所曳引的南人行舟图，被一个名叫华尔纳的美国人盗窃去的。此人曾经计划了将整个第 285 窟盗走，后来是敦煌和安西的人民起来制止了他！但是敦煌还没有专职的保护者。不，现在已经有了。他看到了自己的神圣的职责。

我们的画家开始感到许多个美学上的重大问题，在敦煌的壁画中有望得到解决了。

中国古代绘画的正源——原来是流到了千佛洞来！在这里，中国绘画和希腊及印度的艺术，与外来的犍陀罗形式相汇合。这里成了世界艺术的一个集合点，然而它又保持了中国的民族风格和民族气派。当中国绘画艺术发展到敦煌壁画时，它已登峰造极。唐宋以后的画家，另辟蹊径，走入了山水画的崇高而空灵的境界，而中国绘画的正源却流入敦煌壁画，湮没在戈壁中千余年。它等待着未来的大画家来继承它，来向前发展它。

我们的画家的心灵中充满了欢乐。他觉得，一个中国人跑到外国去研究绘画，简直是开玩笑了。他大笑起来。在巴黎，他不能解决的，在这里他解决了。他打定了主意，要在这里建立一个世界第一的、最伟大、最可骄傲、最宝贵的中国敦煌石窟艺术展览馆以及一个艺术研究所。

但这是什么样的生活啊！大戈壁无边无际，到处不见人烟。一个沙丘接着一个，上面只有骆驼草。风沙时时逞狂。寂寞统治着一切。你说，在古代，隋唐之世，这里曾经是个繁荣的地方，谁能相信？谁相信这里也曾是交通要道，人口数十万？现在，能发出声音的只有风和大雄宝殿楼阁角上的风铃叮当声，那声音比寂寞还令人难堪。

最简朴的食粮还是花了很大力气从敦煌县城里运来的。尽管精神上的营养很丰富，但生活太寂寞了，未免难以忍受。尚达是一个像宗教狂似的热衷于自己的事业的人，他竟没有觉察到妻子的颜色日益苍白，心绪逐渐恶劣。在最初的热情被耗尽之后，她不再想待在这种地方了。她原先以为他们只是做一次三个月或半年的旅行。可是，现在尚达却要在这里过一辈子！在这种只有一个老道的荒凉的地方！最邻近的居民在二三十里之外，只有几户农民。这里没有歌剧，没有舞会，没有蒙玛特尔，也没有都邮街，只有静静的壁画、默不作声的彩塑和无尽的戈壁……

……

二十年后，我们的画家还在敦煌。

敦煌千佛洞已成为一个美丽的、世界著名的宝地。它接受了全国和全世界的拜访。国内外著名的艺术家、作家、学者川流不息。敦煌已经向全国、全世界敞开了大门。

危危欲垂的洞窟，都已用钢筋水泥浇筑的柱子支撑；壁画破损处，进行了必要的修补。自从尚达接受他第一批学生时起，他就订立了这个条例：非经批准，任何人不得接触壁画表面。因此，自他到千佛洞之后，全部壁画都按原样保存下来了，完全无损。尚达和他的学生在二十年内进行了浩繁的工作，出版社精印了《敦煌壁画集》《敦煌唐代图案选》《敦煌彩塑》等等，受到国内外极大的欢迎。

尚达对敦煌千佛洞艺术最后有了成熟的看法：

敦煌艺术，是我国劳动人民从第4世纪到14世纪的千余年间集体创作出来的一宗无比珍贵的遗产。

敦煌艺术，包含着建筑、雕塑、绘画三种造型艺术形式，彼此关连，交相辉映。

敦煌艺术，在祖国的艺术传统中，是最富有人民性的创造。在祖国的这一宗艺术遗产中，现实主义精神与浪漫主义精神得到了高度美妙的、范例般的结合。

敦煌艺术，是美术史上从来也没有提到过的无名的匠工们创作的。他们，古代优秀的艺术匠师们，石窟艺术的创造者，将当时千百万人所关心的主题，千百万人的社会生活、现实和理想，表现为一个人，几个人，几百个人的大小不同的画面。朴实和绚丽兼而有之。它们既吸收了外来影响，又发展了中国民族色彩；它们既有强烈的艺术感染力，又提供了极有价值的历史科学资料。

敦煌艺术宝藏的保存，使我们有可能来理解一千五六百年来中国艺术的成长、演变和发展。它的整理、研究、吸收、消化与再创造，使我们有可能继承和发展古典艺术的经验，推陈出新，创造灿烂的崭新的社会主义的艺术。

（摘自《人民文学》1962 年第 2 期）

中国马的历史与传说

马伯庸

据说在甲骨文中，“马”是最好辨认的字之一。甲骨文象形，“马”字写出来——其实基本算是画出来的——是一匹马的侧面像，长脸，尖耳，两条腿，背上还有鬃毛，一条长马尾，可谓形象至极。后来金文、大篆、小篆一路演变下来，“马”字慢慢变成了四条腿，头背融合，等到隶书时，基本形态固定成了“馬”。从“马”字形态的演变可见，中国人驯化马的历史相当早。

在商代后期的几个著名遗址里——比如安阳殷墟、西安老牛坡等地，研究人员发现了大量的马车坑、马殉葬坑等。如此规模的马匹应用，其背后必然有一个强大、成熟的驯化体系来支撑。但是，在商代晚期之前的考古发掘中，却极少看到马的踪迹。换句话说，中国的马匹驯化技能似乎是在商代后期才突然开窍的。没有铺垫，也找不到过渡环节，骏马就这么突然之间横空出世，踏入了中华民族的世界。

伏羲得马于孟河

最早的关于马匹驯养的记载，应该是《易经》。以传说而论，中国第一匹著名的马，当属龙马。据古籍记载，黄河流经河南孟津这一段叫作“孟河”，人文始祖伏羲在孟河遇到一匹龙马。它是马的形象，浑身披挂龙鳞，赤纹绿色，高八尺五寸，有点像骆驼，还有一对翅膀。这匹龙马可以在水下行走，因为感受到了圣人的存在，才特意从水下浮出来相见。它还给伏羲呈现了一张河图。这张河图可不得了，蕴藏着天地至理，比高数还神秘。伏羲看了这张河图受到启发，才发明了八卦。

先秦君主的精英座驾

伏羲的时代太早，只能当神话听。到了周代，终于有了确凿无疑的关于马文化的记载。马车和车战的兴起，让养马业得以进一步发展，马成了身份的象征。从西周开始，周礼有规定，天子

八骏图

驾六马，诸侯驾四马，大夫驾三马，士驾二马，用多了就是僭越。而马匹数量的剧增，终于也让领导干部们有机会挑选其精英作为自己的座驾。比如周穆王，号称拥有八骏：赤骥、盗骊、白义、逾轮、山子、渠黄、骅骝、绿耳，无一不是高端大气上档次的坐骑。据《水经注》记载，这八匹马本来是夸父山桃林里的野马，被一个叫造父的相马高手慧眼识珠，调教成了精英。穆天子玩心很大，让造父驾驭八骏，带着他一路西行上了昆仑山，和西王母欢宴一番，才返回中原。李商隐有诗云："八骏日行三万里，穆王何事不重来。"

到了秦始皇，他也要媲美周穆王。《古今注》里说秦始皇养了七匹骏马：一曰追风，二曰白兔，三曰蹑景，四曰追电，五曰飞翮，六曰铜爵，七曰晨凫。这七个名字里，像追风啊追电啊飞翮啊，我们都能理解，铜爵、晨凫也能想象得到，但这个白兔到底是啥意思？

其实起这个名字，和秦始皇的祖先秦穆公有点关系。秦穆公身边有一个相马的高人叫孙阳，后来被人称为伯乐。伯乐写了一本《相马经》，里面详细介绍了好马的四项标准："得兔与狐、鸟与鱼，得此四物，必相其余。"他的意思是说，一匹好马，头要像兔子，耳朵像狐狸，眼睛和脖颈像鸟，脊背像鱼鳍一样。所以"白兔"这个名字，其实指的是头像兔子的一匹纯白骏马。比如吕温侯、关老爷的坐骑叫"赤兔"，意思就是头似兔子的红毛骏马。

乌骓出于黄河第一曲

秦末楚汉相争时，又出了一匹名马，不过这匹马不是纯白，而是杂色的，叫乌骓，主人是大名鼎鼎的西楚霸王项羽。“骓”为毛色青白相杂的马，前面冠以一个“乌”字，即指通体黑毛但有杂色的马。项羽的这匹乌骓，据考证和现代河曲马同源，出于黄河第一曲的甘肃、青海交界之地。项羽对乌骓极其喜欢，甚至在他面临四面楚歌时，还不忘作了一首《垓下歌》，把乌骓马放到了和爱妾虞姬相当的地位。

项羽死后，刘邦得了天下。可是天下战乱太久，民生凋敝，天子出行连四匹纯色的辕马都凑不出来。到了汉文帝时，经济复兴，天子又开始搞七骏、八骏这套玩意儿了，而且他比周穆王、秦始皇的要多，一共有九匹骏马，号称“九逸”，名字分别是：浮云、赤电、绝群、逸群、紫燕骝、禄螭骢、龙子、嶙驹、绝尘。

仔细研读周穆王八骏、秦始皇七骏、汉文帝九逸的名字，我们会发现，古人对马匹的分类非常精细。“骝”是指黑鬃、黑尾巴的红马；“骢”是指青白杂毛马，又叫菊花青；“骊”是深黑色的马；“骐”是有青黑色纹理的马；“骍”是赤色的马；“骓”是黑白相杂的马。没有一种动物能像马一样，被人类用如此细致的称呼进行区分。这也从一个侧面证明古人对马的喜欢。

汗血宝马，黄蓉爱上郭靖的理由

不过到了汉武帝时代，这些马统统都靠边站了，因为张骞通西域以后，回报说大宛国有一种汗血宝马，是天马后裔。不过据今人研究，这所谓的“汗血”，其实就是一种寄生虫病。

汉武帝听说汗血宝马以后，派人攻打大宛。大宛王撑不住了，为了表示臣服，每年向中原进贡两匹汗血宝马。汉武帝把乌孙马称为“西极马”，把大宛马称为“天马”，并为此特意作了一首《西极天马歌》：“天马来兮从西极，经万里兮归有德。承灵威兮降外国，涉流沙兮四夷服。”兴奋之情，溢于言表。

从此“汗血宝马”就成了中国最高等级骏马的代名词。说到这里，大家应该能够理解，为什么黄蓉贵为“白富美”却倾心于傻呆呆的郭靖了吧？郭靖随手就送出一匹汗血宝马给黄蓉，活脱脱一个大土豪啊！

每年两匹汗血宝马，汉武帝犹嫌不够，还派人大量引进西域种马，改良中原马的品种。所以，咱们现在看那时候的出土文物上，秦与西汉初年的马，个头矮，四肢短。而从汉武帝开始，马的形象开始优美起来，高头曲颈，四肢修长。1969 年在甘肃武威雷台东汉墓出土了一批青铜马，其中最有名的一件叫“马踏飞燕”。那个铜马的形象，就是典型的大宛血统。

唐太宗喜欢马是出了名的，他养的马号为“十骥”：腾霜白、皎雪骢、凝骢、悬光骢、洪波瑜、飞霞骠、发电赤、流星騧，翔麟紫、奔虹赤。昭陵墓中留下的六匹骏马浮雕，依稀可见当年风姿。

马之所以重要，是因为它与一个国家的军事力量有着紧密的联系。战马就如同今天的 F-22 战斗机，贵族骑士就是优秀的战斗机飞行员。“国之大事，在祀与戎”，在古代，骑兵的优劣是一个国家综合国力的象征。正是由于马关系到国家的兴衰荣辱，所以才会被人类视为珍宝。

（摘自《读者》2014 年第 6 期）

天境祁连

白 英

祁连县位于青海省东北部，因地处祁连山中段而得名。这里多民族交融，多宗教传播，多元化人文历史深厚；这里风景美丽如画，云雾像一缕缕银丝萦绕山腰，湛蓝的天空白云朵朵，绿草如茵的草原和成群的马牛羊相辉映，一派“美、奇、特、神”的草原风光！

祁连群山，宛若仙境

在祁连，给人印象最深的是具有典型丹霞地貌的卓尔山。

卓尔山在县城的北侧，是一个天然的观景台，是远望牛心山、鸟瞰祁连县城全景的最佳位置。在此能真正感觉到“天境祁连”名不虚传！卓尔山以砂岩为面、绿茵覆顶、背披青松，稳坐于八宝河北，与峰顶白雪皑皑的牛心山隔河相望。

牛心山作为祁连山中一座很有特色的山峰，在牧区藏族民众心中，有着神圣而崇高的地位。牛心山因形状似牛的心脏而得名，海拔 4667 米，山顶四季有雪。夏季的祁连多夜雨，次日清晨，浓云厚雾绕在山腰间，忽而又变成滚滚青烟，在山际飘荡。不经意间，它会滑过你的脸颊，落进你的心田，身临其境，恍如梦中。此时或许还以为是到了江南，猛然回头看到牛心山山顶的白雪，心中恍然：这就是祁连山！正所谓“不望牛心山上雪，错把祁连当江南”。

登临卓尔山，站在制高点，处处美景，宛如仙境，令人心旷神怡。脚下是祁连县城，老城红瓦如鱼鳞，新城建设显风貌。眼前的景象更会让你目瞪口呆，祁连山根本就不是你想象中的那样，它不是一条孤立的单薄山岭，而是山连山、岭连岭，展现在面前的是千山万岭。卓尔山色彩斑斓，山脚下金黄色的油菜花临风摇曳，蜜香沁人心脾。满目苍绿的草原、青山和无边无际的花海，在变幻的阳光下更有层次感，深色的、浅色的、绿色的、黄色的互相交织在一起，美得让你只能屏住呼吸尽情去拍摄。祁连山峰顶银装素裹，而草原上是碧波万顷，那白色的羊群如流动的音符一般点缀其中。阵阵微风吹来，会使人产生如在梦境的感觉。

祁连山

祁连草原，美景如画

祁连山看起来十分粗犷，但其本质绝对是浪漫的。“祁连山”之名就是古代匈奴语，意为“天之山”。祁连山下有一片水草最为肥美的草原，山冈上长满了银白色的哈日嘎纳花，山下的草原一望无际，山苍苍，地茫茫，祁连山下好牧场。每当夏季，金色的花儿开放，整个草原一片金黄。温情厚道的牧人用牛车拉着自己的白帐篷、黑帐篷，赶着畜群，就在这金色花海中游荡。

祁连山草原是中国最美丽的草原，祁连山山清水秀景如画，天高云淡夏如春，巍峨的雪峰捧起洁白的哈达，广袤的草原铺展开千里碧毯，草尖上开满鲜花，草腰上沾满露水。漫山遍野花团锦簇，悠闲的羊群，鸣叫的小鸟，棕黑相间的牦牛，星星点点地徜徉在青草和野花丛中。深蓝的天空中白云朵朵，形态各异，与这绿草如茵的大草原和成群的牛羊交相辉映，好一派高原独有的草原风光。我欣赏着这一片让人心醉的草原，享受着这里飘着青草味的空气，美丽的风景愉悦着我的心情，涤荡着我的灵魂。

一群肥美的羊儿，在雪山之下的草原上正享受它们丰盛的美味。我突然想把雪山、草地、肥羊和自己一起拍进照片里。我想把羊儿们赶在一块儿，追着羊儿却跑得我好累。正在羊儿们四散乱跑之际，羊群的主人拿着羊鞭出现在了路旁。我满脸堆笑地上前向羊主人小心说道：“这是您的羊吧？我……只是想跟它们拍拍照。”意外之极，羊主人不仅没说什么，反而一副腼腆的样子，脸一下子全红了，然后笑呵呵地说：“行，拍!”我也乐了。朴实敦厚的西北汉子，话不多，心肠却这么好。

祁连石林，姿态万千

祁连石林为“砾岩石林”，在牛心山西北部，距县城约十公里，主要由花岗岩和花斑岩组成，是由于砾岩山体在雨水等外力的作用下产生滑坡，砾岩中的黏浆物将砾岩连接在一起形成的奇特地貌景观。听当地一位老人讲，祁连石林又叫“佛爷崖”，虔诚的佛教徒在这里可以看到108个佛像，这与藏族人手中念珠的数字是一样的。牧民路过石林总要下马叩头，跪拜一番，献上哈达等祭品，乞求神灵的保佑。盛夏时节，观赏石林，妙趣无穷。奇山怪石，青松云海，使人恍若置身于仙境。成群的石像在阳光的衬托下，姿态万千，惟妙惟肖。

石林四季景色各异，春冬时节，大雪纷纷，石林身披银装，如擎天之柱；秋季，群山卸绿，石林伫立于秋风之中，傲视蓝天。观赏石林之奇妙，当属夏天。大自然是杰出的雕刻师，造就了石林成群的石像，它们神态各异，绝无雷同，有的如雄鸡报晓、苍鹰翱翔、孔雀开屏，有的如蛟龙出水、猴子捞月、骆驼远征、雪豹捕食，有的如子牙钓鱼、牧童吹箫……从不同的角度观赏有不同的形状，108座石佛就有108种神态，栩栩如生，仿佛在虔诚地祈祷神灵使这一方富裕平安。此外，这些佛像还俨然像梁山泊忠义堂的各个好汉，威严耸立在谷壑峻岭之间，这是天然的巧合，还是蕴藏着无人知晓的天机？让人深思不已！

巍巍的祁连山把无数美景揽入怀中，雪山、森林、草原、丹霞、峡谷、河流，仿佛是一幅精妙绝伦的天然油画。东方小瑞士——天境祁连，带给人们的是回归自然、返璞归真、如入仙境的感觉，任谁都会流连忘返！

（摘自《中国西部旅游》2013 年第 9 期）

中国皮影戏

易　树

皮影戏，是一种用灯光照射兽皮或纸板做成的人物剪影以表演故事的民间戏剧。表演时，一般由几个艺人在白色幕布后面，一边操纵皮影，一边用当地流行的曲调唱述故事，同时配以打击乐器和弦乐器。

两千多年前，汉武帝的爱妃李夫人染疾故去，武帝因思念心切而神情恍惚，终日不理朝政。大臣李少翁一日出门，路遇孩童手拿布娃娃玩耍，影子倒映于地，栩栩如生。李少翁心中一动，用棉帛裁成李夫人的影像，涂上色彩，并在手脚处装上木杆。入夜，围方帷，张灯烛，恭请武帝端坐帐中观看。武帝看罢龙颜大悦，就此爱不释手。这个载入《汉书》的故事，被认为是皮影戏的起源。

皮影的制作过程是：先将羊皮、驴皮或其他兽皮的毛和血去净，然后经药物处理，使皮革变薄，呈半透明状，涂上桐油，然后把皮革镂刻成所需的人物形象。皮人的头、四肢、躯干等各自独立，又用线连成一体，分别以连杠由演员操纵，令其活动。

皮人涂上各种颜色，以表达人物的善恶美丑。雕刻皮人时，一般都用阳刻，也有用阴刻的，雕工细致，刀法多变。绘画染色也有一定的讲究，女性发饰及衣饰多以花、草、云、凤等纹样为图案，男性则多用龙、虎、水、云等纹样为图案。一般正面人物为五分面，反面人物为七分面。皮影人物与戏剧人物一样，生、旦、净、末、丑角色齐全。制成的皮影一般高的达 55 厘米，低的仅有 10 厘米左右。皮影艺人在半透明的白幕后面，贴近幕布熟练地操纵皮人活动，并有说唱、乐队伴之，有声有色地表演剧情故事。尤其表演民间神话故事、武打和古装戏时，有的角色可以腾云驾雾，做出各种高难度的动作，变幻莫测，这是其他表演形式难以做到的，因此深受观众喜爱。

皮影戏是一门结合了戏剧、音乐等多种艺术手段的表演形式，有着悠久的历史，也是最早传入西方的中国传统艺术之一。

皮影戏在宋代已极为盛行，每逢节日，皮影戏的演出甚多。到明代，北京一地的皮影班社竟达四五十家。公元 13 世纪，当时的蒙古军营中也常演皮影戏，作为一种娱乐，后来蒙古军还把

传统皮影戏·西游记

皮影带到波斯、土耳其等国。之后，皮影戏便在东南亚各国流传开来。

中国的皮影戏从18世纪中叶开始传到欧洲。据记载，1767年，法国传教士把中国皮影戏带回法国，并在巴黎、马赛等地演出，被称为“中国灯影”，曾经轰动一时。后经法国人改造，成为“法兰西灯影”。

中国的皮影戏对丰富世界艺坛，做出了独特的贡献。

一个皮影要用5根竹棍操纵，艺人手指灵活，表演常常让观众眼花缭乱。他们不仅手上的功夫绝妙高超，嘴上还要说、念、打、唱，脚下还要不时地击打锣鼓。演皮影的幕布是用一块1平方米大小的白纱布做成，白纱布经过鱼油打磨后，变得挺括透亮。演出时，皮影紧贴幕布活动，镂空的人影和五彩缤纷的颜色真切动人。

艺人演出皮影戏时所用的唱腔，除了吸收本地区传统的唱腔外，还有自己的独创。皮影戏虽然看似拙朴，但拙中寓巧，蕴含着劳动人民丰富的想象力和奇巧的艺术创造力。它道具小，演出方便，且不受场地限制，演员也不需正规训练。在皮影戏盛行的地区，一提起这种轻便的艺术形式，人们便会亲切地称它为“一担挑”。

中国民间皮影戏最具代表性的是甘肃陇东皮影戏、山西皮影戏和陕西华县皮影戏，其中以华县皮影影响最大。

在华县当地，皮影戏又叫“五人忙”。其中最重要的是“前声”，生、旦、净、末、丑都由他一人演唱，有时一唱就是七八个小时，唱的同时还要打大鼓、弹月琴，他相当于一个乐队的指挥。其他几个艺人分别是：“签手”，负责操纵皮影表演；“坐槽”，也叫“打后台”，坐在后台的最后面，负责敲锣、打碗、击铙、打梆子等；“上档”，主要负责拉二弦琴和吹唢呐；“下档”，主要负责拉板胡、吹长号和配合签手。虽然只是几个人在演奏乐器，可是听起来竟像是一个有许多乐手的乐队。

可以说，华县皮影戏不仅是中国乃至世界上最古老的艺术品种，同时也是被国内外皮影界公认的所有中国地方皮影乃至世界皮影艺术种类之集大成者，被誉为“中华戏曲之父”和“世界皮影之父”。

（摘自《读者》2006 年第 11 期）

惊奇陇东

武国荣

山

陕北狭地以西，六盘山关山陇山以东，这一广袤区域，地理学上叫陇东。

陇东其实姓山。山是陇东极显著的特点。山把陇东的一切都包含囊括了。山将陇东最好的风水都占尽了。除了层出不穷络绎不绝连绵不断的山，你搭眼看去，陇东还有些啥呢？

陇东盛产山脉。陇东人一天只要睁开眼睛，首先撞入眼帘的，不是空气，不是阳光，也不是风，而是形态各异的山。拦挡陇东人目光的是山。左一架，右一架，前头山，后头山，拥拥挤挤，没完没了。陇东的山，高者可衔天际，矮者即接地表。陇东的山，稠密处，一座紧挨着一座的峰巅，纵使徒步三天四天，也挣扎不出山的襟怀；稀疏处，放眼瞭望，也摆不脱山的影子。山的汪洋大海，恣恣肆肆，丰丰满满，就这样，构建了陇东，塑造了陇东，成就了陇东。

山把陇东分割了，分割得支离破碎。陇东都在山中。陇东人都是山中的人，山里汉子，山里女人，山里娃娃，山里老头老太。山鸡，山菜，山花，山水，就连外面的空气，一不小心跑了进来，头头尾尾，立时三刻，也会深重烙印了山的禀赋，明显张贴了山的标签，时而暴烈狂怒，时而温柔缠绵。山把陇东浸染了，浸染得色彩弥益昭彰。苍黄，赭黄，褐黄，除了黄还是黄。黄土，黄树叶，黄金一般的麦田、玉米棒、葫芦、南瓜，加上黄皮肤黄脸的村人，一年四季，陇东山区的主色调竟是如此富足而鲜明。

陇东的山有深绿吗？有是有，但那是在春风悠悠的时候，那是春日融融的时候，那是春雨沥沥的时候。那是在山脚，那是在山腰，那是在山阴。太阳流火时刻，干旱少雨时刻，人畜共抢时刻，那绿就稀少了，疏淡了，衰弱了。这时这刻，陇东的有些山，就完全彻底成了裸的山，秃的山。

山上的塬

塬在山上。从严格意义上讲，陇东是没有河川地的。河本来就小嘛。陇东所谓的河，是碗口粗的沟水。弱弱势势的这种东西，无论偶尔怎样凌厉，怎样暴虐，断难淤积出一方坦荡如砥的平原来。可是老天不负陇东。造物主就让陇东的山头上间或生出一爿爿塬面来。所以，更准确更形象地说，陇东的塬，是山的耳朵。

陇东的塬，大都极窄极瘦。有的时候，你听陇东人说，走，看塬去。当你满怀着新奇去一瞧，嘿，那哪是什么塬呀，顶多有北京天安门广场的宽度，有的地方，只是山顶上一抹坦地，只能并排通过两三辆汽车罢了。这就是陇东的塬。

陇东有一片足以令子子孙孙豪壮下去的大塬——董志塬。董志塬也在山上。泾河、蒲河、茹河、马莲河、九龙河环绕的大山顶上，就洋洋洒洒铺陈着这么一片高原。董志塬总面积 136 万亩，尽管有了原的磅礴气象，终归不是辽阔的平原，但当地人还是乐意把它与毗邻的一望无际的秦川绰地比较，竟还井底之见地自诩说："八百里秦川，不如董志塬的一个边。"

陇东的塬如此微小、稀少。比较而言，塬上土地平旷，保水聚肥，便于耕作，确是陇东人心仪之所，脑海中的乐园。

疙　瘩

疙瘩生在山上。疙瘩长在山的最高处。

当然，山的顶点，未必都是山疙瘩。山的上头，绝大多数是山尖，是山峰，像锐利的刀端一样，凶巴巴的，直直刺向空中，大有把昊天的肥皮扎破的无畏气概。

山疙瘩不是这个样子。它光光的，秃秃的，圆圆的。它的饱满，它的丰盛，它的硕大以及它的瓷实，无不使馋羡的男人立马联想到一辈子都崇拜得五体投地的宠物——女人坚挺的乳房。陇东多个山里面，才会出现这么一个宝贝疙瘩。

山疙瘩是山的灵魂，山的精髓，山的首脑，山的敏感部位。山把最好的东西都铆足了劲，积攒到疙瘩上了。陇东的山，到头就是以这种特殊的体态形状，展示、诠释着世界的诸多秘密和气息。

陇东人对山有一种不可言喻的感情。崇敬山，自然就崇敬山疙瘩。想想看，这样一个圆朗又富含想象的尤物，怎能不分散人的智慧，吸引芳香的心瓣。于是乎，山疙瘩上有了爱的痕迹和留影——庙宇，或者殿堂。对山疙瘩的膜拜顶礼，一世一世地承传下来。站在陇东任一处山峦，只要稍许延伸目光，我们几乎都能清晰地观察到，那些气势恢宏色彩斑斓的附属物，是怎样与超然物外的山疙瘩一起，柔情蜜意地相厮相守，走向明天。

崾岘

崾岘，是陇东常见物山、塬、沟、梁、峁、壑伸展出去的一截胳膊，是它们互相间亲密的握手，也是友好团结的见证。

在陇东，我们经常可以见到叫崾岘的这类神奇东西。山与山是连接着的，沟跟沟是衔接着的，塬和塬还是牵扯着的。这种把彼此粘连的物，就是崾岘。

崾岘，实际上是一截土坎土梁或一段谷峰峁咀，是千年万年雨水对山和塬不规则的切割遗存。众多的崾岘，各具形态，有的纤细，有的粗壮，有的平直，有的高凸，有的低凹。但是，不管它们怎样千奇百怪，却都是大自然不经意甩给陇东人的一架架桥梁。陇东的山路，缠缠绵绵不断头，有时翻越一座山，就得用一整天时间。山道弯弯，山道崎岖，山道榛莽丛生。蹚山路，无异于人生历罹一次跋涉，一回磨难。即使最勤勉的人，面对无穷尽的山间小道，也显得精疲力竭，也感慨万千。长太息以掩涕，叹惋生之艰辛。而打崾岘经过，就会省去几多汗水和烦恼。崾岘，是名副其实的捷径，人员往来的坦途。

在崾岘上行走，需要沉着谙练的技术和基本功。崾岘两侧，是刀劈斧削般不见底的沟渊谷壑，稍不留神，或者疏忽大意，便有失足之憾，掉崖之危。经常跨越崾岘者，是不存在大问题的，而初涉者，却需提高警惕，屏气敛息，一步一挪脚。不过，走崾岘，实在是一项刺激的运动。苍天修远，清风呼啸，只有在那一阵阵心惊肉颤脸色发红发白里，方能体悟到生命的伟岸与奇绝。

地坑院

在平原处掏出一个四四方方的坑，陇东人的本意不是让这坑加大与天的距离，而是叫增加的这一段产生另类功能——居所。

陇东人就喜欢修建这种宜于住家的地坑院。坦地上，参考了风水地理因素，先画出一亩见方的界线。男人们光着脊梁，将范围内的一筐筐湿土挑往他方。十几米深的泥土，就这样，在如此原始的生产状态中被完全挪置。在斩成的齐刷刷的崖窑面子上，凿出一孔孔上部眉样弯曲下部笔般端直被唤作“窑”的洞子。窑洞在深度和高度方面颇有讲究，通常高不过四米深不逾六米，门窗和肩子（砖类砌就的遮雨挡风物），使窑与院自然分隔。地坑院里，每每间隔一段，皆是这种大小迥异的窑洞。

厨窑、住窑、粮窑、牲口窑、柴草窑，另外还有猪窑、狗窑、鸡窑，一切均在地坑院有相应的位置。地坑里的院子，宽宽敞敞，除人畜必占必走处之外，或栽树栽花栽一丛竹，或是圈起来，播种一畦韭菜一畦黄瓜一畦蒜，这皆由主人的喜好和偏爱来定。地坑院里，水道是少不了的，而渗坑得深而又深，需做来大水防大水的充分准备。水火本无情，更何况无处脱逃的地坑院。

饮水源是地坑院亟须而万难解决的大问题。在某一个角落，主人必打出一眼水井来。这种水井极费周折，往往要掏挖几十甚至数百米，方能见到水层。即使这样，也无关大碍，主家下定决心，倾其财力，誓将打井进行到底。清粼粼的甜水一旦汲出，老少的欢喜也就上了眉梢，笑声也就洋溢在了地坑院的周遭。

人非鼓翼之物，不具备展翅奋飞功力。上下地坑院，必由一斜坡或台阶牵引着，这就是路。它是纽带，把僻壤陇东的地坑院和世界娴巧地续接了起来。

（摘自《飞天》2003 年第 11 期）

左公柳

国 风

史载，清朝同治十年（公元 1871 年）七月，俄国军队公然武装侵占伊犁，觊觎整个新疆。局势日益恶化，通过外交途径已无法解决。光绪元年（公元 1875 年），清政府命陕甘总督左宗棠为钦差大臣督办新疆军务，出兵西征，收复伊犁。

左宗棠的“大本营”沿“丝路”重镇节节西迁，先驻平凉，次迁安定，再上甘州，后达肃州。

大军在西进，道路一里一里在拓展，柳树一棵一棵在栽植……将军以其过人的胆识魄力，改变着“乱后荒瘠殊常”，春风不度，杨柳无青的“丝路”旧貌。光绪五年（公元 1879 年），即将继任陕甘总督的杨昌浚应在肃州大营的左宗棠之约，越陇西行，见道旁行行柳树，不胜感慨，即景赋诗，写下了如下绝句：

大将筹边尚未还，湖湘子弟满天山。

新栽杨柳三千里，引得春风度玉关。

据说，此诗传到肃州大营，左宗棠拈髯大笑，左公如何不笑呢！大西北从来都与荒凉划着等号，即使在“天下称富庶者无如陇右”的盛唐，诗人们还是为那玉门关外的旷远空寂而感伤，王维曾单车问边，当他回想一路风尘，以及“大漠孤烟直，长河落日圆”的雄阔留给自己的孤寂时，便叮咛朋友：“劝君更尽一杯酒，西出阳关无故人”；被称为边塞诗人的王之涣的《凉州词》几乎给后人留下了不可磨灭的印象：“羌笛何须怨杨柳，春风不度玉门关。”自唐而下，河陇不知经历了多少次“血洗”。就在左宗棠西征前夕，以李鸿章为首的廷臣还在鼓吹“边疆无用”，主张放弃祖国西北的大片领土。而处在进兵西征孔道上的河陇“捐派频而人民耗”，哪里还有人管植树开路！只有左文襄公“自泾州以西至玉门，夹道种柳，连续数千里，绿如帷幄”。

光绪六年（公元 1880 年），左公从关外进京，见路旁榆柳成林，不胜欣慰，他在奏稿中写道：“路旁所栽榆柳，业已成林，自嘉峪关至省城兰州，除碱地砂碛外，拱把之树接续不断。”欣喜之余，更多的是关怀，“兰州东路所种之树密如木城，行列整齐。栽活之树皆在山坡高阜，须交过三伏，乃免枯槁，又不能杂用苦水，用力最勤。”按左公所记，从陕西长武境起至甘肃会宁县止，六百多里间，连年种活的树共有二十六万四千多棵。这是多么令人惊喜的数字！路旁种树，树成林了，路也得到了保护，从潼关到嘉峪关三千七百里的“丝路”古道，获得了新生。

俗话说得好，前人栽树，后人乘凉。乘凉的后人可记着栽树前人的辛苦？

晚清裴景福过河陇，记路旁榜示：昆仑之阴，积雪皑皑。杯酒阳关，马嘶人泣。谁引春风，千里一碧？勿翦勿伐，左侯所植。但他见到的却是盗伐官柳用做柴火的事实，为此，他惋惜不已：“泾州以西达关外，夹道杨柳连荫三千里，左文襄公镇陇时所植也。凡苦卤不毛之地，旋植旋萎，沃土则荟蔚干霄，逾数抱。柳三五株间以白杨一，观所植之盛衰，而知土地之肥瘠，奈守土之官不告戒爱惜，山阿荒僻，翦伐多矣。”据左焕奎《左宗棠略传》：罗家伦出使法国，途经西北，考察当地政治、经济、文化、民俗后，曾写下脍炙人口的诗篇：

左公柳拂玉门晓，塞上春光好，天山融雪灌田畴，大漠飞沙旋落照。沙中山草堆，好似仙人岛。过瓜田，碧玉葱葱；望马群，白浪滔滔。想乘槎张骞，定远班超，汉唐先烈经营早。当年是匈奴右臂，将来便是欧亚孔道。经营趁早，经营趁早，莫让碧眼儿射西域盘雕。

这首诗后来被谱成歌曲传唱。

写到这里，我不禁想起了另一位和左公同为清代名臣的林则徐。林公和左公一样，同为清廷钦差大臣，生前拜相，死后赐

左公柳

谥，官至极品，功勋盖世。林则徐是民族英雄，尤为世人敬仰。但这两位大人物有一个共同之处，就是从关系民生疾苦的小事做起。林公被贬谪新疆后，最大的成就就是修渠。六十多岁的衰病老人，还情系民生疾苦，心忧天下兴亡，“短衣携得西凉笛，吹彻龙沙万里秋”，奔波于天山边陲，带领当地人民修渠打井，泽及后世，传为美谈，至今还称“林公渠”。他们一生可能做过许多惊世骇俗的“大事”，但看得见、摸得着的却是修渠、种树这样的小事。一个以修渠传世，一个以种树留名。一棵树，就是一块不朽的碑；一条渠，就是一部传世的传。于是我想，如果我们今天的为官者，也能像林、左那样，给老百姓办一些像修渠、种树这样的“小事”，而少一些空洞的豪言壮语，那该多么好啊。也许千秋功名就是诸如“修渠”、“种树”这样的小事成就的。想干轰轰烈烈大事的人们不妨从平凡的小事做起吧！

（摘自《读者》2004 年第 8 期）

玄奘：西天在心

王 族

公元 629 年，玄奘开始西行。此前，玄奘曾约几位“同志”合力上书皇帝，陈表西行取经之欲求。当时的唐朝刚立国不久，正忙于平定国内此起彼伏的藩镇封建割据势力，再加上河西走廊当时正处于西突厥的控制之下，故李世民将上书驳回。其他人都知道西行无望，放弃了原来的打算，惟有玄奘仍然矢志不移。

终于，他混在难民中“逃出长安”，向西而去。至此，我们就完全可以看清，玄奘已经把西行取经当成了一个人的事情。这种选择不光使他要面对艰难的长途跋涉，而且还要背负违抗朝廷之命的罪名。

就在他出长安后不久，朝廷就发出了让沿途县衙捉拿他的命令。

这几年，我去过西安几次，想极力寻找到玄奘出发时的资料。我相信玄奘这样一个人是不会因为政治而悄无声息地“逃”出长安。我不喜欢这个逃字，故在上面使用时就已经加了引号。找到几位宗教界的名流，几经交涉，他们让我看了已经发黄的《大唐大慈恩寺三藏法师传》，就这，已经是“再版”好几次的了。

该传卷一记有玄奘“誓游西方”的壮语：昔法显，智严亦一时之士，皆能求法，导利群生，岂使高迹无追，清风绝后，大丈夫会当继之。

由此可见，玄奘要身体力行以此证明“中国的脊梁”精神。这一去，就是十多年，玄奘硬是用双脚经行 5 万余里路，历 130 多个国家。这些数字，是用精神和生命一起完成的，或者说，这些数字是玄奘灵魂的价值体现。一路上，玄奘“无顾生命”，“冒越宪章，私往天竺，践流沙之漫漫，陟雪岭之巍巍，铁门巉崄之途，热海波涛之路”，有人赞誉他是行走在古代丝绸之路上的最伟大的探险家和旅行家。

现在我们能从不少书籍中看到玄奘的画像，他右手执拂尘，左手捏佛珠，背负佛家弟子专用行囊，行囊顶部有一个遮伞，起到挡太阳和避雨的作用，囊顶有一盏小灯，垂落于他头部。自从上路，这盏灯就一直亮着。它的实质作用是供佛之意，但在多少个黑夜和茫茫大漠中，它又成为玄奘不泯的信念之火。

玄奘走到凉州（今武威）时，见此州“为河西都会，襟带西蕃、葱右诸国，商侣往来，无有停绝”，便停留讲经。此时的玄奘，我想是非常清楚自己的处境的，食粮、道路关卡等等可能时时都会困扰他，他必须去化缘，去扩大影响，以便使自己能够顺利地走下去。他的讲解，吸引了当地和各“国”的许多人，人们给他布施的珍宝金银堆积如山，送来的马匹数不胜数。而玄奘只接受一半钱财用于燃灯，其他均赠各寺。各“国”听讲者回去后向自己的“君长”大力称扬玄奘，由此为玄奘在以后能够通行打下了基础。而这时候，朝廷的“通缉令”也正在马不停蹄地向他追来。

终于，在瓜州，“通缉令”追上了玄奘。

瓜州州吏李昌崇信佛教，捉拿玄奘的文书送到他手上时，他陷入了沉思。他悄悄走到玄奘住处，拿出告示问：“师傅您是不是这个人?”玄奘看见告示上自己的画像，心头悲酸交加，但他还是临危不惧地说：“是我。”接着他又把情况一五一十地给李昌说了，大有一种要杀要捕随你，但我不会改道不前的凛然之气。李昌深为玄奘的精神所感动，他觉得，像玄奘这样能舍身求法的人实属罕见，便将文书撕毁，让玄奘及早动身出瓜州。写到这里，我放下笔，想象着这位李州吏的面容。在玄奘西行长旅中，他不能算是一位重要人物，但他在那一刻所表现出的果断与英明，是常人，尤其是处在他这样的位置上的人难以做到的。在所有有关玄奘的记叙中，只有李州吏是模糊的。但在我看来，他对玄奘的帮助却是最大的。要知道此时玄奘尚未出关，他所面临的最大困难，实际上还是朝廷，而就他个人的能力而言，显然是无力与朝廷抗争的。因此可见李州吏对玄奘的帮助有多大。

第二天，玄奘悄悄离瓜州而去。出瓜州，他驻足回头凝望，身后没有李昌的身影。一股很复杂的东西倏然涌上心头，他不知道，撕毁文书，放走要犯的李州吏该如何向朝廷交待。

在后来的旅途上，胡人石磐陀成为玄奘生命中遭遇的一个重要人物。

石磐陀聪明机智，身体健康，待人恭敬严肃，他发誓要送玄奘过"五烽"。玄奘十分高兴。"五烽"是辅卫玉门关的五座烽火台，担负着守备边关通讯报警的重任。当然，也是"偷渡"最困难的地方。

石磐陀在这时候是一个给玄奘温暖的好人形象，他积极地为玄奘引见一位胡人，求那位胡人指引从敦煌到伊吾的道路，而且说服他把他的那匹"健而知道"的老赤瘦马换给了玄奘。石磐陀很热心地告诉玄奘：西路险恶，沙河阻远，鬼魅热风，无赤瘦马难以通行。

玄奘和石磐陀乘夜出发，三更抵达沙河。玉门关硕大的关隘在夜色中隐约可见。二人在离关十里的地方砍树搭桥，割草填沙，顺利"偷渡"过河。两人非常高兴，便择地休息。玄奘铺了褥子，躺在沙床上，恍惚入睡。不一会儿，石磐陀持刀向玄奘逼近，行数十步又复返回。玄奘眯眼观察，不知他为何起歹心？此时，他内心难免伤感。同时他也深为人的生命实为轻丸而感叹，就是在修灵魂超升的佛门时，人的肉身性命也会时时受到威胁和伤害。

玄奘默诵经课，请求观世音菩萨帮助。

石磐陀折腾一阵睡下了。

天亮时，玄奘非常平静地叫醒石磐陀，取水洗漱，用斋，准备出发。石磐陀终于说出了他的心事：前途险远，又无水草，惟五烽下有水，必须夜间偷水而过，但一旦被发觉，即是死人，不如归还。玄奘决然不走回头路。

石磐陀暴跳如雷，拔刀逼迫玄奘。玄奘丝毫没有惧色，不看刀刃，只是用双眼盯着石磐陀的眼睛。石磐陀大喊大骂，玄奘不作一语。过了一会儿，石磐陀终于抵挡不住玄奘目光中的威力，扔下刀，独自返回，他走数里又回来对玄奘说："弟子不能随师父去了，家有老小，而王法不敢违犯啊！"

玄奘说："我理解你，你回去吧。阿弥陀佛，善哉善哉！"石磐陀仍担心玄奘被关吏俘获后自己受牵连。玄奘说："若不至婆罗门国，终不东归。纵死中途，非所悔也……纵使切割此身如微尘者，终不相引。"

石磐陀返回，玄奘孑然一人，独自在沙漠摸索前进，那些骸骨和马粪成了他辨认道路的有力依据。实际上从石磐陀弃他而去开始，玄奘就获取了走大漠必备的心理。在那样的条件下，信念有时候能直接充当双脚。而少了他人的帮助和干扰，玄奘有可能更好地保持这种心态，走得更坚决一些。

玄奘进入莫贺延碛后，开始了他真正的远征。玄奘一个人牵着那匹马在茫茫大漠中踽踽而行。

一天，玄奘不慎将水袋打翻，等他扑到水袋跟前，水却已经全部在沙子中化为轻烟。没有了水，他万念俱焚，感叹“千里行资，一朝斯罄”。懊丧之中，玄奘准备东返。他知道在没水的情况下再往前走，就是直接走向死亡。但他转念又想：“我先发愿，若不至天竺，终不东归一步，今何故来？宁可就西而死，岂归东而生！”于是拨转马头，口念观音，继续西行。就这样，在燥热难耐的沙漠中，玄奘走了五天四夜，期间人马皆无滴水沾喉。

第五天，玄奘和那匹马双双跌倒在沙漠中。也许那匹马真“健而知道”，当玄奘半夜被冷风吹醒后，发现它已站起来，像是得到了很好的歇息。那匹马凭着本能带着玄奘一直往前走去，天亮的时候，一幅令人叹为观止的奇景在眼前出现了：前面有一片绿草地，旁边有一池塘！

玄奘和马得救了。

这个颇为离奇的故事无疑是玄奘长行途中的一个高潮。故事虽然很美，但从中凸现出的玄奘的精神仍不可忽视。我们已经听过不少这样的故事，有一个共同之处是，人只有彻底地把自己投入到孤独无助的环境中，而且还因为人的行为已彻底改变，事情

玄奘负笈

的结局才会发生意想不到的变化。

两天后，玄奘到达伊吾（今哈密），对玄奘西行早有耳闻的高昌王麴文泰派人在路口迎接他，热情邀请他在高昌布道。玄奘在高昌讲经三月。高昌王见他知识渊博，修养颇高，执意请求玄奘留在高昌担任国师。玄奘婉言谢绝，坚持要西行，后又以绝食相抗。玄奘这样做，反而又打动了高昌王，他应允放玄奘西行，二人和好如初，并结为兄弟。

高昌王给玄奘赠送了大量物资，又给前方沿途各国写信，请他们沿途提供方便。正因为有了高昌王的帮助，玄奘在后来的行进中畅通无阻。成大事者，都会受到很多人的帮助。在玄奘的生命里，高昌王和那位李州吏，还有那匹马都是很重要的支柱。

离开高昌后，玄奘爬雪山，过草原，穿越戈壁沙漠，历尽磨难，最后进入佛国天竺（印度）。

在天竺，玄奘如鱼得水，四处拜师觅经，苦心钻研着佛学理论的精义奥妙。

我们不应该忽略玄奘学成东归时的情景。尽管他此时已经是一个成功者，但他仍像来时一样，低着头上了路。也许，来时的经历已经深深地让他明白，走路最重要的还是精神，所以面临着同样充满艰难困苦的东归路时，他仍然沉默着，以沉默把持着内心重要的一些东西。

这时候的玄奘，无疑已经是一位心智和毅力过人的高僧。东归的路上，他有意识地又选择了一些来时未走的路。这样，归乡的路实际上又变成了一条征途。

一个人在取得成功后，按捺着内心的喜悦，或者丝毫不为这种成功心动，而是向着更大的目标迈进，这个人的心该有多么强大啊！

公元645年，玄奘终于回到了阔别十多年的长安，他的返之途几乎涵盖了丝绸之路的全部。他带回的佛经许多是当时国内的孤本。玄奘表现出的意志和最终取得的成绩哪个更重要呢？假如他没有西行之举，那些佛经在后来恐怕还是能够传播到中国。而有些事还是需要那样去做的，特殊的时代，就必须要有特殊的行为为它勾勒出面容，而且因为一些人的壮行从他所处的时代中强烈地凸现了出来，他所处的时代，也便在历史的长河中打下了辉煌的烙印。

一步一步，一个人从远处走来，又向远处走去。路是人的心。

（摘自《杂谈随感》2004年第3期）

西晋著名学者、针灸学家皇甫谧

张绍重

皇甫谧（225—282 年），字士安，幼名静，自号玄晏先生，安定朝那（今甘肃平凉市）人。是我国西晋时期著名的学者、针灸学家。

皇甫谧是东汉灵帝时太尉皇甫嵩的曾孙，其祖叔献，曾任霸陵令，其父叔侯，仅举孝廉。皇甫谧自幼出嗣叔父，随叔父迁居新安（今河南省渑池县），四十岁时又迁回朝那。

皇甫谧年二十岁，终日游荡，不好学习，叔母任氏对他说："昔孟母三徙以成仁，曾父烹豕以存教，岂我居不卜邻，教有所阙，何尔鲁钝之甚也；修身笃学，自汝得之，于我何有！"皇甫谧听后深受感动。遂从乡贤席坦为师，发愤苦读，家贫，躬自稼穑，“带经而农”，“勤力不怠”，达到“耽玩典籍，忘寝与食”的地步，于是学业大进。有人劝他出去做官，他说：“居田里之中，亦可以乐尧舜之道，何必崇接世利，事官鞅掌，然后为名乎。”遂不仕，以读书著作为务。四十岁时因叔母病故，又以其叔父之子亦冠，遂回到故乡，还其本宗，一面著书立说，一面潜心向道，致力于老庄之学。其时，他在医、文、史方面已卓然成家，名噪一时。四十六岁时，相国晋王召选皇甫谧等三十七人，“同命之士莫不毕至”，唯皇甫谧托病不出。四十八岁，“武帝频下诏，敦逼不已”，皇甫谧上书辞曰：“小人无良，致灾速祸，久婴笃疾，躯半不仁，右脚偏小，十有九载……”武帝嘉其诚，准其所请。一年后，“举贤良方正”也未去，却向武帝上表借书，武帝遂“送一车书与之”。六十一岁，晋武帝咸宁元年（275年）下诏封谧为太子中庶子，仍以病重为由，予以拒绝。尔后，又“诏征为议郎”、“召补著作郎”，均未应诏。晋太康三年(282年)，皇甫谧写成《笃终论》一文，主张矫俗薄葬。临终前留遗嘱，不设棺椁，用芦席裹尸，择不毛之地，挖一深十尺、长一丈五尺、宽六尺的土坑埋之，坟地周围不种树木，“使生迹无处，自求不知”。“朝死夕葬，夕死朝葬……殡含之物，一皆绝之，吾本欲露形入坑，以身亲土”。是年，病逝于朝那，享年六十八岁。

皇甫谧一生笃志于著作，撰有诗赋诔颂论著甚多，著名的有

《帝王世纪》《高士传》《逸士传》《列女传》《玄晏春秋》《玄守论》《释劝论》《笃终论》《针灸甲乙经》等，其中影响较大的有《高士传》《帝王世纪》和医学名著《针灸甲乙经》。

皇甫谧在《高士传》自序里说："然则高让之士，王政所先，历浊激贪之务也。史班之载，多所阙略。梁鸿颂逸民，苏顺科高士，或录屈节，杂而不纯，又近取秦汉，不及远古……"因此，他"采古今八代之士，身不屈于王公，名不耗于终始，自尧至魏，凡九十余人，虽执节若夷齐，去就若两龚，皆不录也"。书中所收高士，皆为啸傲林泉、带经而农的隐逸者。有敢于在皇帝面前说"陛下能贵人，臣能不受陛下之官；陛下能富人，臣能不受陛下之禄；陛下能杀人，臣能不犯陛下之法"的成公，还有"一竿钓钩，不挂古今愁"的严子陵等，无一是做过官的，这和他终身不仕的思想是吻合的。

《帝王世纪》是一部论述从三皇五帝到汉魏数千年间帝王世系及重要事件的史书。 一直为历代史学家所重视。《史记三家注》中就大量引用此书，以补《史记》之阙。郭沫若在《十批判书》中说，"《帝王世纪》等书所传的殷代王统得到物证"。这说明它的史学价值不仅为唐以前学者重视，近代学者亦有公允评价。

皇甫谧在四十二岁时，突患风痹症，半身不遂，右脚萎缩，遂潜心于医学。他在《释劝论》中写道："若黄帝创制于九经，岐伯剖腹以蠲肠，扁鹊造虢而尸起，文挚徇命于齐王，医和显术于秦晋，仓公发秘于汉皇，华佗存精于独识，仲景垂妙于定方……”在《针灸甲乙经》序中又写道：“夫受先人之体，有八尺之躯，而不知医事，此所谓游魂耳。”虽病情日重，他仍坚持写作，终于写成了我国最早的一部针灸学经典著作《针灸甲乙经》十二卷一百二十八篇。本书约成书于皇甫谧逝世前夕，距今已有一千七百余年。全书是以《黄帝内经》及《明堂孔穴针灸治要》为主，删繁就简，取其精华去其浮辞而写成的。既有经络理论，又明确了穴位名称和位置，详述了针灸取穴法及各穴主治症侯；既总结了晋以前中医针灸学的基础理论，又根据实践经验有所提高。在穴位方面，书中共介绍了三百四十八个穴名，比《黄帝内经》上的一百六十穴名增加了一百八十八个。在取穴方面，既介绍了传统的十二经脉循经路线，又提出了按头、面、肩、背、胸腹的分部取穴法。这种创新的取穴法，总结了晋以前针灸疗法的治疗经验，为我们今日的临床、教学、科研打下了基础。本书刊行后，不仅为历代医家所重视，而且对历代医疗考核制度也起到了重要作用。如《新唐书·百官志》“医博士一人……掌教授诸生以《本草》《甲乙》《脉经》，分而为业”。《针灸甲乙经》是我国针灸学的宝贵遗产。

自南北朝到隋唐，随着中日文化交流的日益频繁，《针灸甲乙经》也传到了日本和朝鲜。在公元 7 世纪初，日本采用我国唐制，规定医学生必修《针灸甲乙经》《素问》《本草纲目》等书。尤其在针灸治疗方面，规定以《针灸甲乙经》为专业书。朝鲜的医事制度，也是以我国隋唐时代的制度为范本，对医学生的学习内容，也是以《黄帝内经》《难经》《本草经》等为主，而针灸教材，则以《针灸甲乙经》为主。此外，法国的针灸学，也是导源于中国。目前一些欧洲国家，也将《针灸甲乙经》列为临床医学的必修课。

皇甫谧是一位博学多才的学者，在文学、史学、医学各方面都有很深的造诣。在他的大量著作中，《针灸甲乙经》可以说是他毕生心血的结晶，在针灸学的发展史上起到了承先启后的作用，直到今天对国内外的影响仍是巨大的。皇甫谧不仅是一位著名学者，而且还具有蔑视权贵的高尚品质。他终身隐居不仕，不为权势所动，这种高风亮节，值得后人敬佩。

（摘自中国甘肃网）

走向南极

秦大河

1989年7月28日，秦大河代表中国，同美、法、苏、英、日其他5国的5名队员组成的国际横穿南极大陆考察队，从南极半岛拉尔森冰架北端出发，开始了徒步征服南极的壮举。

考察队员秦大河肩负着探险和科学考察的重任，负荷最重。他克服了常人难以想象的困难，在行进中学会了滑雪，他以坚强的毅力，在一天疲劳的探险结束后，再开始自己的研究工作；当探险队被迫轻装前进时，秦大河把所有的衣服都精减了，而将雪样保存下来……

历程5986公里，历时220天，1990年3月3日，考察队胜利到达终点——苏联和平站。

秦大河成了英雄，世界上所有的炎黄子孙都因秦大河是中国人而感到自豪。面对鲜花和荣誉，秦大河很冷静，一再强调："我是一个很普通的人。"

当我们阅读秦大河自传时，多次为他的成长经历所激动，沿着他的足迹，你能感受到一个普通人是怎样一步一步走向南极的。

我的名字

1947 年 1 月 4 日，我降生在位于黄河之滨的兰州市。

也许是由于这个原因，父亲给我取名叫大河。

人的一生中，有许多奇妙的巧合，这些巧合，使人的命运也变得奇妙起来。朋友们相聚闲聊时，都说我的名字起得有趣，好像我命中注定要和冰川打一辈子交道。这些话听起来不无道理。我的名字叫秦大河，考大学被录取在地理系。后来，又和冰川结下了不解之缘，而"川"这个字，本意是"河"。"冰川"这个词，在日文里写作"冰河"。"川"与"河"，在词义上确也相通。你说巧不巧？

不过，这些都是现在才联想到的，否则，我岂不成了未卜先知的天才？

我根本就不是天才，天分并不比别人高，如果不是生在一个比较好的环境里，遇上了一个能够安心学习的稳定的时代，使我能够很顺利地读完小学、中学的全部课程，打下一个牢固的基础的话，我大概不会有机会从事我现在的工作，更不敢奢望踏上南极冰盖。

大学几件事

1965 年秋天，我踏进了兰州大学的校门，学习地质地理专业。

我进地理系后，注意到系上的老师、同学们对锻炼身体抓得很紧。学地理的人，一辈子都要与山川河流打交道，没好身体适应不了。系上一位老教授，当时已是 60 岁的人了，每天坚持锻炼，野外实习，爬山如履平地，我很羡慕他。于是定下一个目标，像他那样练就一个好身体。从此我不管天阴天晴，天冷天热，每天都练长跑。时间久了，特别是“文化大革命”期间，学生根本没人管了，早操也没人组织了，但我仍然坚持，有的同学觉得我有点傻，说我神经病，这年头每天大清早还起来跑步，跑个什么劲儿？我照练我的。当时我锻炼身体是一个目的，锻炼意志和毅力是另一个目的。我倒要看看，在别人不干的情况下，我到底能坚持多久。

我在大学期间的身体锻炼和毅力锻炼，并没有白费功夫。我这次横穿南极，开头一个月几乎是跑着前进的。可以想象，在那么恶劣的生活环境里，如果没有我年轻时练就的长跑功夫，没有毅力，没有坚强的意志，恐怕是很难坚持到底的。

我进校的第三个秋天，“文化大革命”已进入最疯狂的高潮。学生不上课，老师被打倒，当时流行的口号是“知识越多越反动”。我们系六六届毕业生在分配工作时，不少同学一气之下将大学五年的课本和所读过的书籍，全部扔进了垃圾堆。

看到他们把那么多好书扔进垃圾堆，我觉得十分可惜，不顾别人奇怪的眼光，从垃圾堆里把那些书捡回来。没想到，这些书在十年以后我报考研究生时，起到了意想不到的作用，派上了用场。

1969 年，我被分配到甘肃平凉农村劳动，同系上教经济地理的王焕龄老师住在一起。王先生没有给我带过课，对我不太了解，光知道我是学生。那时候“学生”就是造反派的同义词，所以随时防着我。开始，我们师生之间从不谈任何事情，说话极少。白天下地劳动，晚上王先生就着煤油灯，学唱样板戏。我晚上没事，心里着急，就拿出一本《政治经济学》教科书看，但心里很不踏实，生怕王先生向别人透露。几天后，王先生没有什么反应。

这本书是讲价值规律的，我有很多不理解的地方，最后实在憋得没办法，就壮着胆子向王先生请教。谁知，王先生来了劲儿。他睁大圆眼，认真地说：“这样吧，你有什么问题，只需告诉我第几章、第几节、第几行就可以了。”我心想：“这么神？先试试您。”于是我告诉他某一页的页码。他略一思索，就说，那一定是第几章

第几节了。于是滔滔不绝地给我讲解开了，分析精辟，态度严肃，简直犹如在讲坛上一样。我佩服得五体投地。在王先生的精心辅导下，我读完了这本书。王先生对我的一句鼓励话是：“好好学吧，你现在是我见到的系上唯一的一个还在读书的学生。”

我的妻子

周钦珂和我在中学时是同级同学。我当学生会主席时，她是文体部长。我们因工作关系，比较熟悉和了解。她很聪明，学习非常好。

高中毕业我考入兰大，她考入兰州医学院。

大学毕业时，钦珂因病住院了，因此缓分了三个月。我当时分到了省农村宣传队和政县分队，那里的生活环境比较艰苦。她出院后，学校告诉她，将她分配到兰州市永登县的农宣队。谁知道，钦珂面对这么好的条件，一点也不动心，直接找到了省农宣队办公室，要求去和政县分队。办公室的一位同志说：把你分到永登县完全是为了照顾你有病的身体，我一笔就可以将你勾到和政去，但你再回兰州就不容易了。但钦珂执意要同我在一起。

我们结婚后，我才知道这件事。她平静地说：“我知道和政艰苦，我也知道我的身体不好，但要苦，我们两个人应该苦在一起。两人一条心，黄土变成金嘛!”我当时听了她的话，感动得流下了眼泪。

钦珂现在是甘肃省人民医院的主治大夫。她一直支持我的事业。近 10 年，我经常在野外工作，在家里只过了一个夏天。钦珂承担了全部的家务和对孩子的教育。儿子小时候总是问钦珂："爸爸长得什么样子?"对妻子和孩子，我总有一种内疚感。

我的志愿

那还是在大学一年级时，我在系资料室里翻阅期刊杂志，偶然在 1964 年的《地理学报》上发现了施雅风和谢自楚写的《中国现代冰川的基本特征》这篇文章。我在中学时就知道了施雅风这个名字，他考察希夏邦玛峰的事迹刊登在报纸上。我把那篇论文仔细地读了一遍，虽然是生吞活剥，似懂非懂，但是我非常感兴趣，可以说是"一见钟情"吧!

我自从读了那篇文章，冰川学就深深地扎根于我的心田了，它时常萦回在我的脑海里。三年五年，十年八年，它始终像个幽灵一样游荡在我的周围。

在和政县教书期间，我一边教课，一边注意着冰川学研究方面的进展。

1974 年放暑假，我住在兰州的姐姐家。拜访施雅风、谢自楚的想法又向我袭来了，过去几次都因为找不到引荐的人，放弃了，这一次，不管有没有人引荐，我一定要见见他们。我大着胆子来到了中国科学院兰州冰川所的传达室。因为我谁也不认识，进门就说：

“我想找一下施雅风和谢自楚。”

传达室里的看门人说：“施雅风出差了，谢自楚在，可是今天是星期天，你明天来吧。”

“我到他家去找。他家住在哪里？”我不甘心地问。传达室的看门老同志见我很是急迫，就告诉了我具体的楼号和门牌号。

我找到谢自楚的家，敲开门，见一位五十来岁的人正在和一个六七岁的小姑娘讲话——小姑娘因有病发烧正在他爸爸怀里撒娇。那个五十岁来的人堵在门口问：

“你找谁？”

“找谢自楚。”我说。

“我就是，你有啥事？”他问。

我见人家不热情，怕发生误会，就急忙自报家门，说对冰川学很感兴趣，想学习学习。没想到，我的话刚一说完，谢自楚态度马上变了，大开房门，十分热情地请我进到屋里。

谢自楚当时已经是个有名的科学家了，但住房却很差，只有一间屋子，连自行车都没地方摆，只能斜着摆在屋当中。我勉强找了个凳子坐下，和他交谈了起来，越谈越投机。最后，他很有感慨地说：“现在根本没有人想搞冰川，都认为干这行太苦，你却自己找上门来，我真高兴啊！”接着，他又询问我的学历和专业知识学习情况，并记下了我的工作单位和名字，临走还给了我一些冰川学方面的资料。

没想到，那次毛遂自荐竟成了我生活道路上的转折点。

那时候调动一个普通业务人员，尤其是从专县调进地处省府的科学院，可不是一件轻而易举的事。谢自楚先生骑辆破自行车到处反映情况，四处游说历时几年。1978 年 5 月，我被调进了冰川所。当时，我考研究生的一试也已通过了。

两个月后，我通过了研究生二试，考取了兰州大学地理系李吉均教授的研究生。李教授考虑到我今后从事专业的需要，在冰川气候变迁方面教会我许多研究方法，这些知识，在我的南极科学考察中，起了很大作用。

1980 年 10 月，我获得硕士学位，返回冰川所工作。

两下南极

南极是冰川学家的圣地。对一个冰川学者而言，南极是最理想的研究对象。

80 年代初，中国因改革开放的政策而繁荣昌盛起来，我国老一辈冰川学家施雅风教授等科学家联名上书，提请政府把目光投向南极。他们认为，这是反映和衡量我们中华人民共和国雄厚国力的标志。党和国家领导人非常重视这一建议，成立了中国南极考察委员会。

1982 年，谢自楚教授在南极考察时向国家南委会推荐可派秦大河到南极考察。1983 年 9 月，我到达澳大利亚。在澳大利亚国家南极局冰川室低温实验室作适应性研究。

1984 年元月，我登上飞机，向目的地——南极洲飞去。

1985 年 2 月，中国第一个南极基地长城站建成不久，我的第一次考察任务完成了，3 月下旬我回到澳大利亚，在澳大利亚冰川局进行总结性研究。这一次，我发现澳大利亚人对我的态度大变。实验室的负责人热情的态度溢于言表，当我去复印一些资料时，他把资料抢了过去，声称："这种事，交给工作人员去干吧。秦，你是一个科学家，你应当坐下来完成你的研究。"随即指派两个助手协助我办理那些电脑资料输入、复印之类的事务，我很纳闷。后来听说，我在南极工作的那一段，他们收到我的许多电传资料，发现了我的科研潜力。

1986 年夏季，我参加了中德联合考察世界第二高峰乔戈里峰的一个冰川科学考察工作。当我登上这座举世闻名的冰川，在白雪皑皑的山顶向南望去时，眼前似乎又浮现出了南极的冰川。那年，我正在申请一个南极项目。

1988 年 4 月，我获准第二次到南极考察。这次我将在中国的长城站越冬，任中国南极考察队副队长兼越冬站长。

抓住机会

5 月的一天，我和北京通话时，意外地听到了一个消息。

那是 1986 年夏季的一个夜晚，在北极率队徒步探险的美国人维尔·斯蒂克和独自一人徒步到达北极点的法国人路易斯·艾蒂安不期而遇。这两位老牌探险家兴奋地在帐篷里谈天说地，彻夜未眠，诞生了一个大胆的设想，即组织一支国际横穿南极探险队，徒步征服南极。

他们的动作真快，北极晤面之后，就到处游说，集资 1100 万美元赞助，于 1987 年组织了美、法、英、日、苏 5 国参加的横穿南极国际考察队，并已在格陵兰大冰盖地区进行了 2700 公里的长途拉练。

我在电话中得知，路易斯·艾蒂安正在北京，他的任务是与中国南极考察委员会签订一个合同，邀请一名中国人参加国际探险队。

我被这消息所震撼，认为这是千载难逢的机会。经过仔细思考，感到我有竞争能力。当晚给北京发了电传，向北京报名，又来了个毛遂自荐。

1988 年 12 月，突然接到北京一个神秘的电话，让我量量身体各部位的尺寸。我预感到，将有什么事情要发生。

第二天，翘首以待的好消息终于从北京传来。北京通知我将工作移交给课题组同志，立即回国参加国际横穿南极科学探险考察队的活动。

1989 年 5 月，当我兴致勃勃回到兰州后，家中却出了不幸。妻子周钦珂在她工作的医院外遭遇车祸，肋骨骨折，被人抬到了病床上。而我只能在兰州待一周时间。看着妻子昏迷的面容，我心如刀割。这时，北京已得知我家中的不幸，他们打电话询问，要是不能去，我国只好放弃。

当周钦珂清醒过来以后，问我什么事，我只好如实“汇报”。她说：“这已不是我一个人，也不是我一家的事，而是中国的事情。要是你大河不去，六面国旗中就没有中国的国旗。”当我听到她说“你放心地去吧，不要为我担心”那句话时，眼泪直在眼圈里转。

在兰州只待了10天，我便行色匆匆，登上了去美国的飞机。

签生死文书

我到了美国一个名叫伊利的小镇，这里冰天雪地，和南极差不多。其他5名队员和狗早已到达这里，我将要在这里接受两个月的强化训练，学会驾驶狗拉雪橇和滑雪。

狗拉雪橇我很快就学会了，但滑雪直到训练结束也未学会。

一天，队长让我去看口腔医生，检查的结果是要我拔掉10颗牙齿，我大吃一惊。但他们说，要在极地活下去，必须摄取足够的营养，必须吃下干缩食品，牙齿第一，探险中牙齿出了问题谁给你治？要么拔牙，要么不去。我想，不能因10颗牙而因小失大，心一横，10颗牙被拔了。

外国佬考虑问题很是周详，牙齿拔掉，算是一种预防性措施。更绝的是要我们在探险的合同上签字，那合同写得十分细致，条件也很苛刻。比方说到人身保险，合同条文是“如果因为探险而死亡，考察队仅按国际民航的规定付与赔偿费，不负任何责任”，“如果你因为参加横穿活动而丢失身体的某个部位，赔偿不得超过这个赔偿费用的 10%”，“如果你受伤，不能参加横穿活动，考察队只负责将你抢救以后送回你的国家，不负担任何医疗费用”等等。合同文本在临出发前夕又变动了多次，但目的都是在以防不测上。

这无疑是一纸生死文书。我记得好像在什么电影中看到过这种场面。此时此刻，面对这几张纸，大家都变得严肃起来，平素那种嘻嘻哈哈的景象不见了。6 个人都认真地阅读完那些可怕的条文，然后庄重地拿出笔来，签上了自己的名字。

在那个关头，我并没有多想自己会怎么样，我认为死伤的几率对大家都是相等的，我秦大河命大福大，一定不会遭此大难的！何况，人活一世，总得有死的结局，万一牺牲，也是壮烈的死，总比那种平庸的消亡好得多！人不应当害怕死亡，他们应当害怕的是未曾真正地生活过。

一切准备工作就绪后，我们就乘坐飞机向探险的起点飞去。

（摘自《读者》1990 年第 8 期）

常书鸿：若有来生，我还是要守护敦煌

佚　名

池田大作问："如果来生再到人世，你将选择什么职业？"

他回答："我不是佛教徒，不相信'转生'。不过，如果真的再一次托生为人，我将还是'常书鸿'，我要去完成那些尚未完成的工作。"

或许从法国塞纳河边的旧书摊上看到伯希和编著的《敦煌石窟图录》那一刻起，常书鸿的魂儿就被勾走了。

他正身处被誉为世界艺术之都的巴黎，是当年巴黎最出名的中国学生，作品被里昂国立美术馆、蓬皮杜艺术文化中心收藏，如果一直在艺术创作道路上走下去，前途不可限量。

敦煌壁画

然而图册上那些灵动精妙的壁画、庄严肃穆的彩塑，却深深震撼了他，这么一座艺术宝库竟然就深藏在中国内地，而中国却少有人知晓。

人们往往在经历生命重要时刻时并不自知，常书鸿也不知道，这里就是他未来将要奉献一生的地方。

回国后常书鸿在于右任、梁思成、徐悲鸿的鼓励和促成下，加入了国立敦煌艺术研究所筹备委员会。1943 年，常书鸿和几个人坐着一辆破车，中途又换成骆驼，终于来到了心心念念的敦煌。那里实在可以说是一片废土，天高云淡，满目黄沙，一座座石窟群静穆地坐落其中，与世隔绝，孤独又惨淡。

印在纸上的那些画像终于真切地出现在常书鸿面前，她们不仅美，还带有太多损毁的痕迹，美得让人揪心。

320 窟有大片壁画“消失了”，那是国外冒险家的“杰作”。1924 年美国人华尔纳来到敦煌，粘走了 26 方壁画，还取走了一尊唐代彩塑。类似的巧取豪夺数不胜数，当时的敦煌就是一座不设防的金库。

156 窟是经变画最多的洞窟之一，壁画上却有大片焦黑，20 世纪 20 年代一批俄罗斯士兵们被收容在此，生活做饭使得大片壁画被熏黑，还刮走了墙上的金箔。这个洞窟有著名的《张议潮统军出行图》，全图采用散点、鸟瞰布局，中心人物张议潮的形体被夸大，非常显眼，两百多个出场人物被有序安排，骑兵和乐队穿插，画面显得生动活泼，又丝毫不拥挤杂乱。

在130窟，史学家向达与张大千的矛盾因此集中爆发。由于不少洞窟经过重修，壁画也有多层，张大千为了一窥内层壁画，将外层剥开，导致外层的壁画永久损毁。130窟外层本有宋代壁画，被张大千团队剥掉，由于剥离技术不过关，内层的唐代壁画也受到大面积损毁。向达致信傅斯年、李济，希望其能函告于右任，阻止张大千的此种行为。1943年5月，张大千在舆论的质疑声中离开了敦煌。

当时的敦煌是画家们取材学习的地方，王子云、张大千、赵望云、关山月等画家，都到此临摹壁画，从中吸收古老的佛教绘画艺术。

常书鸿也怀着一颗学习的心来到这里，不过他的临摹作品并不多，作为敦煌艺术研究所的所长，还有许多繁杂琐事压在他身上。

他要治沙。当地多风沙，整个莫高窟只有窟前一小片杨树，其他地方都光秃秃的，洞窟里常常堆满沙土。根据常书鸿女儿常沙娜回忆，常书鸿在莫高窟生活几十年，每年都要种树，树林一直向北面延伸，越来越多。如今敦煌大片的绿色，许多是当年常书鸿和众多敦煌保护者栽种的。

他要弄钱。最大的问题大概是缺钱，国民政府拨发的经费很少，又常常拖延不发，常书鸿变卖了自己许多油画作品，以弥补经费短缺。甚至有时他还得面对土匪和军阀的勒索……为了给洞窟装上门，他常常去县城动员官员、商人们做功德。不到两年，他的妻子陈芝秀因为生活艰辛和种种家庭矛盾而离开了他。

他要软磨硬泡。1945 年，敦煌艺术研究所被教育部撤销了建制，导致许多人离开莫高窟，人力也短缺了。为了讨说法，常书鸿变卖了大多数家当前往重庆，经过近一年的斡旋，终于保住了研究所。欣慰的是，还有更多的年轻人自愿来到了敦煌，还有董希文、张琳英、乌密风、周绍淼、潘洁兹、李浴、范文藻、常沙娜、段文杰、史维湘等一大批艺术家和专家学者，还有今后成为他妻子的李承仙。

他要当大家的家长。敦煌的生活条件并不好，为了解决职工的住宿问题，常书鸿把皇庆寺后院的一排马厩改造成一个个小房间，家具都就地取材，用土砌成土桌、土凳、土沙发……这里水的碱性很重，玻璃杯上都是白印，蔬菜奇缺，他弄来菜籽，亲自带领大家开地种菜，又养鸡下鸡蛋，从城里弄来奶牛给大家挤牛奶喝。

他要保护洞窟。张大千临摹壁画是用图钉把纸钉在墙上拓稿，虽然线条很准确，却不可避免会留下洞孔。为了保护壁画，常书鸿规定研究所职工临摹壁画不许上墙拓稿，一律对临。他还组织人员对洞窟进行调查，制定洞窟内容表，将莫高窟的洞窟重新编号：今天的莫高窟还能看到三种编号：P 开头的是伯希和的，C 开头的是张大千的，正式编号则是当年常书鸿组织编订的。

张大千的敦煌临摹画展，还有那句“要做一个中国画家，一定要到敦煌去”的名言，不知吸引了多少艺术青年前往敦煌，然而最终愿意留守在这里的，却是少数人。

常书鸿则像生根一般驻扎在这个穷乡僻壤。1949 年，他拒绝了国民党当局将敦煌展品运往台湾的命令，又组织保卫小组使石窟在当时一片混乱的局面下免受洗劫。若不是常书鸿的固执守护，如今除了台北故宫，可能还会多一个台北敦煌。

敦煌 1944 至 1949 年这段时期，后来被称作“看守式保护”时期，常书鸿苦行僧一般的执着，最终使这座巨大的文化遗产宝库没再受到更多的破坏。

1950 年，敦煌艺术研究所更名为敦煌文物研究所，常书鸿担任所长。敦煌不再是以往的粗放式看守，开始修建栈道、加固崖壁，保护工作终于像模像样地展开。常书鸿的足迹开始遍布全世界，他先后带领人员赴印度、缅甸、日本办展，向全世界展示敦煌艺术之美。1957 年首次前往日本办展，就吸引了 10 万多人参观，创造了日本购票参观艺术展览会的最高纪录。

“文革”期间，常书鸿身心均受到极大伤害，直到 1977 年才完全恢复工作。对于那些苦难，常书鸿在回忆录《九十春秋》中只有短短百余字的记录，他只说：“我是个幸存者，一个留下满身‘纪念品’的幸存者。”

晚年的常书鸿仍旧对敦煌念念不忘，撰写了《敦煌壁画艺术》《敦煌艺术》诸多文章，编辑和组织出版了《敦煌彩塑》《敦煌唐代图案》《敦煌回忆录》等书籍。1978 年起他被调任到北京。当时国内敦煌学研究水平仍不及日本和欧洲一些国家，

1983 年，中国敦煌吐鲁番学会成立，季羡林、常书鸿等专家联名制定了敦煌学研究的具体任务。

1994 年，常书鸿在北京逝世，遵照他的遗愿，家人和研究院的同事们将他的骨灰埋葬在莫高窟九层殿的对面，这里是他人生最重要的拐点，也是他最后的归宿。

常书鸿的墓碑上刻着五个字——敦煌守护神。在这个充满神佛的地方，被称为“神”的凡人，只有他一个。

这片墓园至今依然荒凉，和他刚来敦煌时没什么两样。那时张大千要走了，对他说：“我回去了，你待在这里，是一个长期的、无期的徒刑啊。”竟一语成谶。

服无期徒刑的神，也只有他一个。

（摘自微信公众号《艺萃》）

致　谢

四月芳菲醉，人间仲春时。在这个充满诗意的季节，陇原大地春意盎然，如诗如画。继三月成功推出《读者丛书·国家记忆读本》之后，我们步履不停，继续前行，又策划了第四辑“读者丛书”《人文甘肃读本》，献给我们生活的这片热土和我们一直深爱的读者。

陇原大地，历史悠久，人文丰厚，“丝绸之路三千里，华夏文明五千年”是长期以来人们对甘肃人文历史形成的深刻记忆和印象。而甘肃历史文化的厚重和悠久也使得它似乎缺少了一种现代的灵动和朝气。为了打破这种印象，也为了让读者更加了解甘肃、了解甘肃历史人文，我们在编辑《人文甘肃读本》的过程中试图转换一个新的视角，以名人、名家的视角去看甘肃人文历史，以艺术和文学的触角去抚摸陇原大地，让读者感受一个不一样的甘肃。丛书围绕甘肃人文历史这一主题，从各种图书、报刊、网站上精选了100多篇名人、名家书写甘肃的名篇，让读者在纯粹而轻松的阅读中了解人文甘肃，走进陇原大地。

在丛书的策划、编辑出版过程中，得到了读者出版集团、读者杂志社领导的多方指导和帮助，在此深表谢意！与此同时，丛书的编选也得到了绝大多数作者的理解和支持，他们对作品的授权选编和对丛书的一致认可使我们消除了后顾之忧，对此我们表示诚挚的谢意！尽管我们尽力想同各位作者取得联系，但由于各种原因依然未能联系到部分作者，对此我们深表歉意，也请这些作者见到图书后与我们联系。我们的联系方式是：甘肃人民出版社（甘肃省兰州市读者大道568号，730030，联系人：肖林霞，13893138071）。

人间最美四月天，在这美好的仲春时节，《读者丛书·人文甘肃读本》的出版发行让我们这些出版人感到无比欣慰和激动，因为这是我们献给我们生活的这片土地和我们热爱的读者的最好礼物！

读者丛书编辑组

2019年4月